ज्योति प्रकाशन
204 लीला अपार्टमेंट्स, 15 हेस्टिंग्स रोड
अशोक नगर, प्रयागराज-211 001

संस्करण : 2023
वर्तमान संस्करण : 2024

बी.के. ऑफसेट
नवीन शाहदरा, दिल्ली-110 032
द्वारा मुद्रित

AJATSHATRU
by Jai Shankar Prasad

ISBN : 978-81-924341-7-9

मूल्य : ₹ 395

प्राक्कथन

'अजातशत्रु' के लेखक--जिनसे हिन्दी - पाठक ख़ूब अच्छी तरह परिचित हैं -- हिन्दी के उन इने - गिने लेखकों में से हैं जिन्होंने मातृभाषा में मौलिकता का आरम्भ किया है। उनकी कृतियाँ मौलिक हैं ; यही नहीं , वे महत्वपूर्ण भी हैं।

यों तो उनकी रचना और शैली में सभी जगह उत्कृष्टता है ; पर उनके नाटक तो हिन्दी - संसार में एक दम नई चीज हैं। वे आज की नहीं , आगामी कल की चीज हैं। वे हिन्दी-साहित्य में एक नये युग के विधायक हैं। न विचारों के खयाल से, न कथानक के खयाल से, न लक्ष्य के खयाल से आज तक हिन्दी में इस प्रकार की रचना हुई है, न अभी होती ही दीख पड़ती है।

हाँ, वह समय दूर नहीं है जब 'विशाख' और 'अजातशत्रु' के आदर्श पर हिन्दी में धड़ाधड़ नाटक निकलने लगेंगे। परन्तु वे अनुकरण मात्र होंगे। 'प्रसाद' जी की कृतियों के निरालेपन पर उनका कोई असर न पड़ेगा।

सम्भव है कि हमारा कथन बहुतों को व्याजस्तुति मात्र जान पड़े, पर समय इन पंक्तियों की सत्यता साबित करेगा। अस्तु, हम प्रकृत विषय से अलग हुए जा रहे हैं --

बंग-साहित्य-प्रेमियों के एक दल द्वारा अत्यन्त समादृत नाट्यकार द्विजेन्द्र बाबू का कथन है--"जिस नाटक में अन्तर्द्वन्द्व दिखाया जाय वही नाटक उच्च श्रेणी का होता है -- अन्तर्विरोध के रहे बिना उच्च श्रेणी का नाटक बन नहीं सकता।" यह सिद्धान्त किसी अंश में ठीक है, क्योंकि ऐसा होने से काव्य में प्रशंसित लोकोत्तर चमत्कार बढ़ता है। किन्तु, यही सिद्धान्त चरम है, ऐसा मानना कठिन है; क्योंकि अन्तर्विरोध से वाह्यद्वन्द्व जगत्, का उद्भव है और इस वाह्यद्वन्द्व का कालक्रम से शीघ्र अवसान होता है--इसी का चित्रण कवि के अभीष्ट को शीघ्र समीप ले आता है।

अन्तर्द्वन्द्वमय अपूर्णता में घटना का अन्त कर देना, उसे कल्पना का क्षेत्र बना देना, छोटी - छोटी घटनाओं पर अवलम्बित आख्यायिकाओं का काम है। यदि नाटक अपने ऊपर यह भार उठावें तो उनसे वृत्तियों को केवल चञ्चलता की शिक्षा मिलेगी, और सन्देह - वाद की पुष्टि होगी। और, चरित्रगठन को उपकरण देने से, तथा मानव - समाज के ज्ञान-साधन में सहायक होने से — जो नाटक का उद्देश्य नहीं, तो निर्देश अवश्य है —— वे अन्ततः वंचित ही रहेंगे।

वाह्यद्वन्द्व का —— जगत का —— हमारे जीवन से विशेष सान्निध्य है। इसी महानाटक से हम अपने चरित्र के लिए उपकरण ग्रहण करते हैं, आदर्श बनाते हैं, अनुकरण करते हैं। अतः जो चरित्र मानवता की साधारण गति के समीप होगा वही उसे विशेष शिक्षा देगा। साथ ही विशेष विनोद की सामग्री जुटावेगा। जो दूर है वह केवल कौतुक और आश्चर्य ही का उद्दीपन करेगा। वह, प्रबल प्रतिघात तथा वृत्तियों को विपरीत धक्के खिलाकर उत्तेजित करके अथवा, बलवती वासनाओं को दुर्दान्त मानवरूप में अति - चित्रण करके समाज में कुतूहल उपजावेगा। उसकी चंचलता बढ़ावेगा और उसमें क्रान्ति करा देगा।ऐसे ही नाटक, चाहे वे रचना में प्रसादान्त क्यों न हों, मानवता के लिए, परिणाम में विषादान्त होते हैं।

किन्तु जहाँ वासनाओं का चरित्र के साथ उत्थान और पतन तथा संघर्ष होगा, साथ ही उत्कट वासनाओं का आरम्भ होकर शान्त हृदय में अवसान होगा, वह नाटक मरणान्त भले ही हो, किन्तु है मानवता के लिए प्रसादान्त। 'प्रसाद' जी के नाटकों में एक यह भी मुख्य विशेषता है।

'अजातशत्रु' का अन्तिम दृश्य इसका प्रस्तुत प्रमाण है। यद्यपि अंत में बिम्बसार का लड़खड़ाना यवनिकापतन के साथ उसके मरण का द्योतक है; किन्तु, जिन वाक्यों को कहता हुआ लड़खड़ाता है वे वाक्य तथा उसी क्षण भगवान गौतम का प्रवेश, बिम्बसार के हृदय की तथा उस अवसर की पूर्ण शान्ति के सूचक हैं।

हाँ, 'प्रसाद' जी के नाटक ऐसे ही हैं। वे न तो केवल अन्तर्द्वन्द्व को लेकर मर्त्यलोक में, चतुर्मुख की मानसी सृष्टि की तरह चमत्कार पूर्ण किन्तु निःसार और निरवलम्ब जगत् की अवतारणा करते हैं, न केवल वाह्यद्वन्द्व दिखाकर मानवता के सामने पाशव आदर्श रखते हैं, वरन् वे इन दोनों अंगों के समुचित समिश्रण होने के कारण मानवता के उच्चतम आदर्श के पूर्ण व्यंजक हैं। अतएव मानवता की वे एक बड़ी भारी पूँजी हैं।

'प्रसाद' के आदर्श पात्रों में पवित्रता, उच्चता, भव्यता, आदि देव-गुण

इसलिए हैं कि वे पूर्ण मनुष्य हैं। उनका बिम्बसार, मगधाधिप होने के कारण बड़ा नहीं। उसकी बड़ाई इसलिए है कि वह नीचे लिखे, तथा इसी प्रकार के अन्य वाक्यों द्वारा, उन संकीर्ण सामाजिक नियमों को, जिन्होंने मनुष्य को ऊँच-नीच के भिन्न-भिन्न प्रकार के बन्धनों में जकड़कर मानवता की पवित्रता को पददलित कर रक्खा है, किस जोरों में खण्डन करता है--

"यदि मैं सम्राट् न होकर किसी विनम्र लता के कोमल किसलय झुरमुट में एक अधखिला फूल होता और संसार की दृष्टि मुझ पर न पड़ती —— पवन की किसी लहर को सुरभित करके धीरे से उस थाले में चू पड़ता-तो इतना भीषण चीत्कार इस विश्व में न मचता।"

"चुप! यदि मेरा नाम न जानते हो तो 'मनुष्य' कह कर पुकारो। यह भयानक सम्बोधन (सम्राट्) मुझे न चाहिए।"

इतना ही नहीं, उसके जीवन-भर में मानवता ओतप्रोत है, और उसका पुत्र, क्रूर अजातशत्रु भी अन्त को इसके आगे सिर नवाता है।

इसी तरह 'प्रसाद' के लोकोत्तरचरित पात्रों को भी हम इसीलिए श्रद्धापूर्वक सिरनवाते हैं कि उनमें मानवता का पूर्ण विकास है। उनके बुद्ध इसलिए बुद्ध हैं- इसलिए अवतार हैं —— कि वे मानवता के आदर्शों की पूर्ण मूर्ति हैं। यह नहीं कि, वे अवतार हैं, अतः उनमें इन आदर्शों की पूर्णता उपस्थित हुई है।

कवि की इस प्रतिभा पर बहुत कुछ कहा जा सकता है; लेकिन हम यही चाहते हैं कि 'अजातशत्रु' पढ़कर पाठक हमारी समीक्षा की जाँच करें।

हाँ, इस नोट के समाप्त करने के पहले एक बात और कहनी है ——

भारतवर्ष के किसी भाषा में लिखे जाने वाले नाटकों में, उनके लेखक घटना - काल के रहन - सहन, चाल - व्यवहार की ओर तनिक भी ध्यान नहीं देते। उनके पात्रों के नाम - भर तो ऐतिहासिक रहते हैं; लेकिन अपने आचार-व्यवहार से वे वर्त्तमान काल के मनुष्य — सो भी स्वदेश के नहीं, पश्चिम के — जान पड़ते हैं।

किन्तु, 'प्रसाद' जी इस दोष से प्रायः बिल्कुल बचे हैं। अभी तक हमारे पूर्वजों के सामाजिक जीवन की बहुत ही थोड़ी खोज हुई है। जो कुछ हुई है, 'प्रसाद' जी अपने नाटकों में उसका पूर्ण उपयोग करने के भागी हैं।

काशी

२०-११-२२

कृष्णदास

कथा-प्रसंग

इतिहास में घटनाओं की प्रायः पुनरावृत्ति होते देखी जाती है। इसका तात्पर्य यह नहीं है कि उसमें कोई नई घटना होती ही नहीं। किन्तु असाधारण नई घटना भी भविष्यत् में फिर होने की आशा रखती है। मानव - समाज की कल्पना का भण्डार अक्षय है, क्योंकि वह इच्छा-शक्ति का विकास है। इन कल्पनाओं का, इच्छाओं का मूल सूत्र बहुत ही सूक्ष्म और अपरिस्फुट होता है। जब वह इच्छा - शक्ति किसी व्यक्ति या जाति में केन्द्रीभूत होकर अपना सफल या विकसित रूप धारण करती है, तभी इतिहास की सृष्टि होती है। विश्व में जब तक कल्पना इयत्ता को नहीं प्राप्त होती, तब तक वह रूप-परिवर्तन करती हुई पुनरावृत्ति करती ही जाती है। समाज की अभिलाषा अनन्त स्रोतवाली है। पूर्व-कल्पना के पूर्ण होते - होते एक नयी कल्पना उसका विरोध करने लगती है, और पूर्व-कल्पना कुछ काल तक ठहरकर, फिर होने के लिये अपना क्षेत्र प्रस्तुत करती है। इधर इतिहास का नवीन अध्याय खुलने लगता है। मानव-समाज के इतिहास का इसी प्रकार संकलन होता है।

भारत का ऐतिहासिक काल

गौतम बुद्ध से माना जाता है, क्योंकि उस काल की बौद्ध कथाओं में वर्णित व्यक्तियों का पुराणों की वंशावली में भी प्रसंग आता है। इसलिए लोग वहीं से प्रामाणिक इतिहास मानते हैं। पौराणिक काल के बाद गौतम बुद्ध के व्यक्तित्व ने तत्कालीन सभ्य संसार में बड़ा भारी परिवर्तन किया। इसलिए हम कहेंगे कि भारत के ऐतिहासिक काल का प्रारम्भ धन्य है, जिसने संसार में पशु - कीट - पतंग से लेकर इन्द्र तक के साम्यवाद की शंखध्वनि की थी। केवल इसी कारण हमें, अपना अतीव प्राचीन इतिहास रखने पर भी, यहीं से इतिहास-काल का प्रारम्भ मानने में गर्व होना चाहिये।

भारत - युद्ध के पौराणिक काल के बाद इन्द्रप्रस्थ के पाण्डवों की प्रभुता कम होने पर बहुत दिनों तक कोई सम्राट् नहीं हुआ। भिन्न-भिन्न जातियाँ अपने-अपने देशों में शासन करती थीं। बौद्धों के प्राचीन ग्रन्थों में ऐसे १६ राष्ट्रों का उल्लेख है, प्रायः उनका वर्णन भौगोलिक क्रम के अनुसार न होकर जातीयता के अनुसार है। उनके नाम है —— अंग, मगध, काशी —— कोशल, वृजि मल्ल, चेदि, वत्स, कुरु, पांचाल, मत्स्य. शूरसेन, अश्वक. अवंतिक. गांधार और कांबोज।

उस काल में जिन लोगों से बौद्धों का सम्बन्ध हुआ है, इनमें उन्हीं का नाम है। जातक-कथाओं में शिवि, सौवीर, मद्र, विराट् और उद्यान का भी नाम आया है। किन्तु उनकी प्रधानता नहीं है। उस समय जिन छोटी - से - छोटी जातियों, गणों और राष्ट्रों का सम्बन्ध बौद्ध धर्म से हुआ, उन्हें प्रधानता दी गई, जैसे 'मल्ल' आदि।

धार्मिक क्रांति

अपनी-अपनी स्वतन्त्र कुलीनता और आचार रखनेवाले इन राष्ट्रों में कितनों ही में गण-तन्त्र-शासन-प्रणाली भी प्रचलित थी -- निसर्ग नियमानुसार एकता, राजनीति के कारण नहीं, किन्तु एक-से होनेवाली थी। वैदिक हिंसा-पूर्ण यज्ञों और पुरोहितों के एकाधिपत्य से साधारण जनता के हृदय-क्षेत्र में विद्रोह की उत्पत्ति हो रही थी। उसी के फल-स्वरूप जैन और बौद्ध धर्मों का प्रादुर्भाव हुआ। चरम अहिंसावादी जैन-धर्म के बाद बौद्ध का प्रादुर्भाव हुआ। वह हिंसामय 'वेद-वाद'और पूर्ण अहिंसावाली जैन-दीक्षाओं के 'अति-वाद' से बचता हुआ एक मध्यवर्ती नया मार्ग था। संभवतः धर्म - चक्र - प्रवर्त्तन के समय गौतम ने इसी से अपने धर्म को 'मध्यमा प्रतिपदा' के नाम से अभिहित किया और इसी धार्मिक क्रान्ति ने भारत के भिन्न-भिन्न राष्ट्रों को परस्पर संधिविग्रह करने के लिये बाध्य किया।

इन्द्रप्रस्थ और अयोध्या के प्रभाव का ह्रास होने पर, इसी धर्म के प्रभाव से पाटलिपुत्र पीछे बहुत दिनों तक भारत की राजधानी बना रहा। उस समय के बौद्ध ग्रन्थों में ऊपर कहे हुए बहुत-से राष्ट्रों में से चार प्रमुख राष्ट्रों का अधिक वर्णन है -- कोशल, मगध, अवन्ती और वत्स। कोशल का पुराना राष्ट्र संभवतः उस काल के सब राष्ट्रों से विशेष मर्यादा रखता था, किन्तु वह जर्जर हो रहा था। प्रसेनजित् वहाँ का राजा था। अवन्ती में प्रद्योत (पज्जोत) का राज्य था। मालव का राष्ट्र भी उस समय सबल था। मगध, जिसने कौरवों के बाद भारत में महान साम्राज्य स्थापित किया, शक्तिशाली हो रहा था। बिम्बसार वहाँ के राजा थे।

अजातशत्रु,

वैशाली (वृजि) की राजकुमारी से उत्पन्न, उन्हीं का पुत्र था। इसका वर्णन भी बौद्धों की प्राचीन कथाओं में बहुत मिलता है। बिम्बसार की बड़ी रानी कोशला (वासवी) कोशल-नरेश प्रसनजित् की बहन थी। वत्स-राष्ट्र की राजधानी कौशांबी थी जिसका खँडहर जिला बांदा (करवी-सब-डिवीजन) में यमुना किनारे 'कोसम' नाम से प्रसिद्ध है।

उदयन,

इसी कौशांबी का राजा था। इसने मगधराज और अवन्ती नरेश, की राजकुमारियों से विवाह किया था। भारत के सहस्ररजनी-चरित्र 'कथा-सरित्सागर' का नायक इसी का पुत्र नरवाहनदत्त है।

बृहत्कथा (कथा-सरित्सागर) के आदि आचार्य वररुचि हैं, जो कौशांबी में उत्पन्न हुए थे, और जिन्होंने मगध में नन्द का मंत्रित्व किया। उदयन के समकालीन अजातशत्रु के बाद उदयाश्व, नन्दिवर्द्धन और महानन्द नाम के तीन राजा मगध के सिंहासन पर बैठे। शूद्रा के गर्भ से उत्पन्न, महानन्द के पुत्र, महापद्म ने नन्द-वंश की नींव डाली। इसके बाद सुमाल्य आदि ८ नंदों ने शासन किया (विष्णुपुराण, ४ अंश)। किसी के मत से महानंद के बाद नव नन्दों ने राज्य किया। इसी 'नव नन्द' वाक्य के दो अर्थ हुए -- नव नन्द (नवीन नन्द), तथा महापद्म और सुमाल्य आदि ९ नन्द। इनका राज्य-काल, विष्णुपुराण के अनुसार, १०० वर्ष है। नन्द के पहले राजाओं का राज्य-काल भी, पुराणों के अनुसार, लगभग १०० वर्ष होता है। ढुंढि ने मुद्राराक्षस के उपोद्घात में अन्तिम नन्द का नाम धननन्द लिखा है। इसके बाद योगानन्द का मंत्री वररुचि हुआ। यदि ऊपर लिखी हुई पुराणों की गणना सही है, तो मानना होगा कि उदयन के पीछे, २०० वर्ष के बाद, वररुचि हुए; क्योंकि पुराणों के अनुसार ४ शिशुनाग-वंश के और ९ नन्द-वंश के राजाओं का राज्य-काल इतना ही होता है। महावंश और जैनों के अनुसार कालाशोक के बाद केवल नवनन्द का नाम आता है। कालाशोक पुराणों का महापद्म-नन्द है। बौद्धमतानुसार इन शिशुनाग तथा नन्दों का सम्पूर्ण राज्य-काल १०० वर्ष से कुछ ही अधिक होता है। यदि इसे माना जाय तो उदयन के १००-१२५ वर्ष पीछे वररुचि का होना प्रमाणित होगा। कथा सरित्सागर में इसी का नाम 'कात्यायन' भी है -- "नाम्ना वररुचिः किंच कात्यायन इति श्रुतः।" इन विवरणों से प्रतीत होता है कि वररुचि उदयन के १२५-२०० वर्ष बाद हुए। विख्यात उदयन की कौशांबी वररुचि की जन्मभूमि है।

मूल बृहत्कथा वररुचि ने काणभूति से कही, और काणभूति ने गुणाढ्य से। इससे व्यक्त होता है कि यह कथा वररुचि के मस्तिष्क का आविष्कार है, जो संभवतः उसने संक्षिप्त रूप से संस्कृत में कही थी; क्योंकि उदयन की कथा उसकी जन्मभूमि में किंवदन्तियों के रूप में प्रचलित रही होगी। उसी मूल उपाख्यान को क्रमशः काणभूति और गुणाढ्य ने प्राकृत और पैशाची भाषाओं में विस्तारपूर्वक लिखा। महाकवि क्षेमेन्द्र ने उसे बृहत्कथा-मंजरी नाम से,

संक्षिप्त रूप से, संस्कृत में लिखा। फिर काश्मीरराज अनंतदेव के राज्य-काल में कथा-सरित्सागर की रचना हुई। इस उपाख्यान को भारतीयों ने बहुत आदर दिया और वत्सराज उदयन कई नाटकों और उपाख्यानों में नायक बनाए गए। स्वप्न-वासवदत्ता, प्रतिज्ञायौगंधरायण और रत्नावली में इन्हीं का वर्णन है। हर्षचरित में लिखा है -- "नागवनविहारशीलं च माया मतंगांगान्निर्गता महासेनसैनिका वत्सपतिं न्ययंसिषुः।" मेघदूत में भी --"प्राप्यावंतीनुदयनकथाकोविदग्रामवृद्धान्" और "प्रद्योतस्य प्रियदुहितरं वत्स-राजोऽत्र जह्रे" इत्यादि है। इससे इस कथा की सर्वलोकप्रियता समझी जा सकती है। वररुचि ने इस उपाख्यान-माला को सम्भवतः ३५० ई.पूर्व लिखा होगा। फिर सातवाहन नामक आंध्र-नरपति के राजपंडित गुणाढ्य ने इसे बृहत्कथा नाम से ईसा की पहिली शताब्दी में लिखा। इस कथा का नायक नरवाहनदत्त इसी उदयन का पुत्र था।

बौद्धों के यहाँ इसके पिता का नाम 'परंतप' मिलता है। और, 'मरन परिदीपित उदेनिवस्तु' के नाम से आख्यायिका है। उसमें भी (जैसा कि कथा-सरित्सागर में) इसकी माता का गरुड़-वंश के पक्षी द्वारा उदयगिरि की गुफा में ले जाया जाना और वहाँ एक मुनि-कुमार का उसकी रक्षा और सेवा करना लिखा है। बहुत दिनों तक इसी प्रकार साथ रहते-रहते मुनि से उसका स्नेह हो गया और उसी से वह गर्भवती हुई। उदयगिरि (कलिंग) की गुफा में जन्म होने के कारण लड़के का नाम उदयन पड़ा। मुनि ने उसे हस्ती वश करने की विद्या, और, और भी कई सिद्धियाँ दीं। एक वीणा भी मिली। (कथा-सरित्सागर के अनुसार वह, प्राण बचाने पर, नागराज ने दी थी) वीणा द्वारा हाथियों और शबरों की बहुत-सी सेना एकत्र करके उसने कौशांबी को हस्तगत किया और अपनी राजधानी बनाया। किन्तु बृहत्कथा के आदि आचार्य वररुचि का कौशांबी में जन्म होने के कारण, उदयन की ओर विशेष पक्षपात-सा दिखाई देता है। अपने आख्यान के नायक को कुलीन बनाने के लिए उसने उदयन को पांडव-वंश का लिखा है। उनके अनुसार उदयन गांडीवधारी अर्जुन की सातवीं पीढ़ी में उत्पन्न सहस्रानीक का पुत्र था। बौद्धों के मतानुसार 'परन्तप' के क्षेत्रज पुत्र उदयन की कुलीनता नहीं प्रकट होती। परन्तु वररुचि ने लिखा है कि इन्द्रप्रस्थ नष्ट होने पर पांडव-वंशियों ने कौशांबी को राजधानी बनाया। वररुचि ने यों सहस्रानीक से कौशांबी के राजवंश का आरम्भ माना है। कहा जाता है, इसी उदयन ने अवंतिका को जीत कर उसका नाम उदयन-पुरी या उज्जयनपुरी रक्खा। कथा-सरित्सागर में उदयन के बाद नरवाहनदत्त का ही वर्णन मिलता है। विदित होता है, एक - दो पीढ़ी चलकर

उदयन का वंश मगध की साम्राज्य-लिप्सा और उसकी रण-नीति में अपने स्वतन्त्र अस्तित्व को नहीं रख सका।

किन्तु विष्णुपुराण की एक प्राचीन प्रति में कुछ नया शोध मिला और उससे कुछ नई बातों का पता चलता है। विष्णुपुराण के चतुर्थ अंश के २१ वें अध्याय में लिखा है कि "तस्यापि जनमेजयश्रुतसेनोप्रसेन-भीमसेनाः पुत्रश्चत्वारो भविष्यंति।१। तस्यापरां शतानीको भविष्यति यो ऽसौ ..... विषयविरक्तचितो ...... निर्वाणमाप्स्यति।२। शतानीकादश्वसेध - दत्तो भविता। तस्मादप्यधि सीमकृष्णःअधिसीमकृष्णात्। निचक्षः यो गंगयापहृते हस्तिनापुरे कौशांव्यां निवत्स्यति।"

इसके बाद १७ राजाओं के नाम हैं। फिर "ततोप्यपरः शतानीकः तस्माच्च उदयनः उदयनादहीनरः" लिखा है।

इससे दो बातें व्यक्त होती हैं। पहिली यह कि शतानीक कौशांबी में नहीं गये, किन्तु निचक्ष-नामक पांडव-वंशी राजा हस्तिनापुर के गंगा में बह जाने पर कौशांबी गये। उनसे २९ वीं पीढ़ी में उदयन हुए। संभवतः उनके पुत्र अहीनर का ही नाम कथा - सरित्सागर में नरवाहनदत्त लिखा है।

दूसरी यह कि शतानीक इस अध्याय में दोनों स्थान पर "अपरशतानीक" करके लिखा गया है। "अपरशतानीक" का विषय - विरागी होना, विरक्त हो जाना, लिखा है। संभवतः यह शतानीक उदयन के पहिले का, कौशांबी का राजा है। अथवा बौद्धों की कथा के अनुसार इसकी रानी का क्षेत्रज पुत्र उदयन है, किन्तु वहाँ नाम—इस राजा का— परंतप है। जनमेजय के बाद जो "अपरशतानीक" आता है, वह भ्रम सा प्रतीत होता है, क्योंकि जनमेजय ने अश्वमेध - यज्ञ किया था, इसलिए जनमेजय के पुत्र का नाम अश्वमेधदत्त होना कुछ संगत प्रतीत होता है। अतएव कौशांबी में इस दूसरे शतानीक की ही वास्तविक स्थिति ज्ञात होती है, जिसकी स्त्री किसी प्रकार (गरुड़ पक्षी द्वारा) हरी गई। उस राजा शतानीक के विरागी हो जाने पर उदयगिरि की गुफा में उत्पन्न विजयी वीर उदयन, अपने बाहुबल से, कौशांबी का अधिकारी होगा। इसके बाद कौशांबी के सिंहासन पर क्रमशः अहीनर (नरवाहनदत्त), खंडपाणि, नरमित्र और क्षेमक— ये चार राजा बैठे। इसके बाद कौशांबी के राजवंश या पांडव - वंश का अवसान होता है।

अर्जुन से सातवीं पीढ़ी में उदयन का होना तो किसी प्रकार से ठीक नहीं माना जा सकता, क्योंकि अर्जुन के समकालीन जरासंध के पुत्र सहदेव से लेकर, शिशुनाग-वंश से पहले के जरासंध-वंश के २२ राजा मगध के सिंहासन पर बैठ चुके हैं। उनके बाद १२ शिशुनाग-वंश के बैठे, जिनमें छठे और सातवें

राजाओं के समकालीन उदयन थे। तो क्या एक वंश में, उतने ही समय में, तीस पीढ़ियाँ हो गईं, जितने में कि दूसरे देश में केवल सात ही पीढ़ियाँ हुईं ? यह बात कदापि मानने योग्य न होगी। संभवतः इसी विषमता को देखकर श्रीगणपति शास्त्री ने ''अभिमन्योः पंचविंश संतानः'' इत्यादि लिखा है। कौशांबी में न तो अभी विशेष खोज हुई है, और न विशेष शिलालेख इत्यादि ही मिले हैं। इसलिए संभव है, कौशांबी के राजवंश का रहस्य अभी पृथ्वी के गर्भ में ही दबा पड़ा हो।

कथा - सरित्सागर में उदयन की दो रानियों का ही नाम मिला है, किन्तु बौद्धों के प्राचीन ग्रन्थों में उसकी तीसरी रानी मागन्धी का नाम भी आया है।

वासवदत्ता और पद्मावती,

इनमें से वासवदत्ता उसकी बड़ी रानी थी, जो अवंती के चंडमहासेन की कन्या थी। इसी चंड का नाम प्रद्योत भी था, क्योंकि मेघदूत में ''प्रद्योतस्य प्रियदुहितरं वत्सराजोऽत्र जहेन'' और किसी प्रति में ''चंडस्यात्र प्रियदुहितरं वत्सराजो विजह्रे'' ये दोनों पाठ मिलते हैं। इधर बौद्धों के लेखों में अवंती के राजा का नाम प्रद्योत मिलता है और कथा - सरित्सागर के एक श्लोक से एक भ्रम और भी उत्पन्न होता है। वह यह है--''ततश्चंडमहासेनप्रद्योतौ पितरौ द्वयोः देव्योः ...।'' तो क्या प्रद्योत पद्मावती के पिता का नाम था? किन्तु कुछ लोग प्रद्योत और चंडमहासेन को एक ही मानते हैं। यही मत ठीक है, क्योंकि भास ने अवंती के राजा का नाम प्रद्योत ही लिखा है, और वासवदत्ता में उसने यह दिखाया है कि मगध - राजकुमारी पद्मावती को वह अपने लिये चाहता था। जैकोबी ने अपने वासवदत्ता के अनुवाद में अनुमान किया है कि यह प्रद्योत चंडमहासेन का पुत्र था, किन्तु जैसा कि प्राचीन राजाओं का देखा जाता है, यह अवश्य अवंती के राजा का मुख्य नाम था। उसका राजकीय नाम चंडमहासेन था। बौद्धों के लेख से प्रसेनजित् के एक दूसरे नाम 'अग्निदत्त' का भी पता लगता है। बिम्बसार श्रेणिक और अजातशत्रु कुणीक के नाम से भी विख्यात था।

पद्मावती, उदयन की दूसरी रानी के पिता के नाम में बड़ा मतभेद है। यह तो निर्विवाद है कि वह मगधराज की कन्या थी, क्योंकि कथा - सरित्सागर में भी यही लिखा है। किन्तु बौद्धों ने उसका नाम श्यामावती लिखा है,जिस पर मागंधी के द्वारा उत्तेजित किये जाने पर, उदयन बहुत नाराज हो गये थे। श्यामावती के ऊपर, बौद्ध-धर्म का उपदेश सुनने के कारण, बहुत क्रुद्ध हुए। यहाँ तक कि उसे जला डालने का भी उपक्रम हुआ था। किन्तु भास की वासवदत्ता में इस रानी के भाई का नाम दर्शक लिखा है। पुराणों में भी

अजातशत्रु के बाद दर्शक, हर्षक, दर्भक ओर वंशक— इन कई नामों से अभिहित एक राजा का उल्लेख है। किन्तु महावंश आदि बौद्ध ग्रन्थों में केवल अजात के पुत्र उदयाश्व का ही नाम उदायिन, उदय भद्रक के रूपांतर में मिलता है। मेरा अनुमान है कि पद्मावती अजातशत्रु की बहन थी, और भास ने संभवतः (कुणीक के स्थान में) अजात के दूसरे नाम ,दर्शक, का ही उल्लेख किया है, जैसा कि उसने चंडमहासेन के लिये प्रद्योत नाम का प्रयोग किया है।

यदि पद्मावती अजातशत्रु की कन्या हुई, तो इन बातों को भी विचारना होगा कि जिस समय बिम्बसार मगध में, अपनी वृद्धावस्था में, राज्य कर रहा था, उस समय पद्मावती का विवाह हो चुका था। प्रसेनजित् उसका सम-वयस्क था। वह बिम्बसार का साला था। कलिंगदत्त ने प्रसेनजित् को अपनी कन्या देनी चाही थी, किन्तु स्वयं उसकी कन्या, कलिंगसेना ने प्रसेन को वृद्ध देखकर उदयन से विवाह करने का निश्चय किया था।

"श्रावस्तीं प्राप्य पूर्वं च तं प्रसेनजितं नृपम्।
मृगयानिर्गतं दूराज्जरापांडुं ददर्श सा।।

× × × × × ×

तमुद्यानगता सा वै वत्सेशं सख्युदीरितम्।" इत्यादि

(मदनमंचुका लंबक)

अर्थात् पहले श्रावस्ती में पहुँचकर, उद्यान में ठहरकर, उसने सखी के बताये हुए वत्सराज प्रसेनजित् को, शिकार के लिये जाते समय, दूर से देखा। वह वृद्धावस्था के कारण पांडु-वर्ण हो रहे थे।

इधर बौद्धों ने लिखा है कि "गौतम ने अपना नवाँ चातुर्मास्य कौशांबी में, उदयन के राज्य-काल में, व्यतीत किया और ४५ चातुर्मास्य करके उनका निर्वाण हुआ।" ऐसा भी कहा जाता है—

अजातशत्रु के राज्याभिषेक के

नवें या आठवें वर्ष में गौतम का निर्वाण हुआ। इससे प्रतीत होता है कि गौतम के ३५ वें ३६ वें चातुर्मास्य के समय अजातशत्रु सिंहासन पर बैठा। तब तक वह बिम्बसार का प्रतिनिधि या युवराज मात्र था; क्योंकि अजात ने अपने पिता को अलग करके प्रतिनिधि-रूप से, बहुत दिनों तक राजकार्य किया था, और इसी कारण गौतम ने राजगृह का जाना बन्द कर दिया था। ३५ वें चातुर्मास्य में ९चातुर्मास्यों का समय घटा देने से निश्चय होता है कि अजात के

सिंहासन पर बैठने के २६ वर्ष पहले उदयन ने पद्मावती और वासवदत्ता से विवाह कर लिया था, और वह एक स्वतंत्र शक्तिशाली नरेश था। इन बातों के देखने से यही ठीक जँचता है कि पद्मावती अजातशत्रु की ही बड़ी बहन थी, और पद्मावती को अजातशत्रु से बड़ी मानने के लिये यह विवरण यथेष्ट है। दर्शक का उल्लेख पुराणों में मिलता है, और भास ने भी अपने नाटक में वही नाम लिखा है। किन्तु समय का व्यवधान देखने से— और बौद्धों के यहाँ उसका नाम न मिलने का—यही अनुमान होता है कि प्रायः जैसे एक ही राजा को बौद्ध, जैन और पौराणिक लोग भिन्न-भिन्न नाम से पुकारते हैं, वैसे ही दर्शक, कुणीक और अजातशत्रु—ये नाम एक ही व्यक्ति के हैं। जैसे बिम्बसार के लिये विंध्यसेन और श्रेणिक—ये दो नाम और भी मिलते हैं। प्रोफेसर गेजर अपने महावंश के अनुवाद में बड़ी दृढ़ता से अजातशत्रु और उदयाश्व के बीच में दर्शक नाम के किसी राजा के होने का विरोध करते हैं। कथा-सरित्सागर के अनुसार प्रद्योत ही पद्मावती के पिता का नाम था। इन सब बातों के देखने से यही अनुमान होता है कि पद्मावती बिम्बसार की बड़ी रानी कोशला (वासवी) के गर्भ से उत्पन्न मगध-राजकुमारी थी।

नवीन उन्नतिशील राष्ट्र मगध,

जिसने कौरवों के बाद महान् साम्राज्य भारत में स्थापित किया, इस नाटक की घटना का केन्द्र है। मगध को कोशल का दिया हुआ, राजकुमारी कोशला (वासवी) के दहेज में काशी का प्रांत था, जिसके लिये मगध के राजकुमार अजातशत्रु और प्रसेनजित् से युद्ध हुआ। इस युद्ध का कारण, काशी-प्रांत के आय-कर लेने का संघर्ष था। 'हरित-मात', 'बद्धकी-सूकर', 'तच्छ-सूकर जातक' की कथाओं का इसी घटना से सम्बन्ध है।

अजातशत्रु जब अपने पिता के जीवन में ही राज्याधिकार का भोग कर रहा था और जब उसकी विमाता कोशलकुमारी वासवी अजात के द्वारा एक प्रकार उपेक्षित-सी हो रही थी, उस समय उसके पिता (कोशलनरेश) प्रसेनजित् ने उद्योग किया कि मेरे दिये हुए काशी-प्रांत का आय-कर वासवी को ही मिले। निदान, इस प्रश्न को लेकर दो युद्ध हुए। दूसरे युद्ध में अजातशत्रु बंदी हुआ। संभवतः इस बार उदयन ने भी कोशल को सहायता दी थी। फिर भी निकट-सम्बन्धी जानकर समझौता होना अवश्यम्भावी था, अतएव प्रसेनजित् ने मैत्री चिरस्थायी करने के लिये, और अपनी बात भी रखने के लिये, अजातशत्रु से अपनी दुहिता वाजिराकुमारी का ब्याह कर दिया।

अजातशत्रु के हाथ से उसके पिता बिम्बसार की हत्या होने का उल्लेख भी मिलता है। 'थुस - जातक - कथा, अजातशत्रु का अपने पिता से राज्य छीन लेने

के सम्बन्ध में, भविष्यद्वाणी के रूप से, कही गई है। परन्तु बुद्धघोष ने बिम्बसार का बहुत दिन तक अधिकारच्युत होकर बन्दी की अवस्था में रहना लिखा है। और, जब अजातशत्रु को पुत्र हुआ तब उसे 'पैतृक स्नेह' का मूल्य समझ पड़ा। उस समय वह स्वयं पिता को कारागार से मुक्त करने के लिए गया, किन्तु उस समय वहाँ महाराज बिम्बसार की अन्तिम अवस्था थी। इस तरह से भी पितृहत्या का कलंक उस पर आरोपित किया जाता है। किन्तु कई विद्वानों के मत से इसमें सन्देह है कि अजात ने वास्तव में पिता को बन्दी बनाया, या मार डाला था। उस काल की घटनाओं को देखने से प्रतीत होता है कि बिम्बसार पर–

गौतम बुद्ध

का अधिक प्रभाव पड़ा था। उसने अपने पुत्र का उद्धत स्वभाव देखकर, जो कि गौतम के विरोधी देवदत्त के प्रभाव में विशेष रहता था, स्वयं सिंहासन छोड़ दिया होगा।

इसका कारण भी है। अजातशत्रु की माता छलना , वैशाली के राजवंश की थी, जो जैन तीर्थंकर महावीर स्वामी की निकट-सम्बन्धिनी थी। वैशाली की वृज-जाति (लिच्छवी) अपने गोत्र के महावीर स्वामी का धर्म विशेष रूप से मानती थी। छलना का झुकाव अपने कुल-धर्म की ओर अधिक था। इधर देवदत्त–जिसके बारे में कहा जाता है कि उसने गौतम बुद्ध के मार डालने का एक भारी षड्यंत्र रचा था, और किशोर अजात को अपने प्रभाव में लाकर राजशक्ति से भी उसमें सहायता लेना चाहता था–चाहता था कि गौतम से वह संघ में अहिंसा की ऐसी व्याख्या प्रचारित करावे जो कि जैन-धर्म से मिलती हो, और उसके इस उद्देश्य में राजमाता की सहानुभूति का भी मिलना स्वाभाविक ही था।

बौद्ध मत में बुद्ध ने कृत, दृष्ट और उद्दिष्ट–इन्हीं तीन प्रकार की हिंसाओं का निषेध किया था। यदि भिक्षा में मांस भी मिले तो वर्जित नहीं था। किन्तु देवदत्त यह चाहता था कि 'संघ में यह नियम हो जाय कि कोई भिक्षु मांस खाये ही नहीं।' गौतम ने ऐसी आज्ञा नहीं प्रचारित की। देवदत्त को धर्म के बहाने छलना की सहानुभूति मिली और बड़ी रानी तथा बिम्बसार के साथ, जो बुद्ध के भक्त थे, शत्रुता की जाने लगी।

इसी गृह - कलह को देखकर बिम्बसार ने स्वयं सिंहासन त्याग दिया होगा और राजशक्ति के प्रलोभन से अजात को अपने पिता पर सन्देह रखने का कारण हुआ होगा, और विशेष नियंत्रण की भी आवश्यकता रही होगी। देवदत्त और अजात के कारण गौतम को कष्ट पहुँचाने का निष्फल प्रयास हुआ।

सम्भवतः इसी से अजात की क्रूरताओं का बौद्ध साहित्य में बड़ा अतिरंजित वर्णन मिलता है।

कोशल-नरेश प्रसेनजित्

के—शाक्य-दासी कुमारी के गर्भ से उत्पन्न—कुमार का नाम विरुद्धक था। विरुद्धक की माता का नाम जातकों में वासभा खत्तिया मिलता है। (उसी का कल्पित नाम शक्तिमती है।) प्रसेनजित् अजात के पास सहायता के लिये राजगृह आया था; किन्तु, 'भद्दसाल-जातक' में इसका विस्तृत विवरण मिलता है कि विद्रोही विरुद्धक गौतम के कहने पर फिर से अपनी पूर्व मर्यादा पर अपने पिता के द्वारा अधिष्ठित हुआ।

इसने कपिलवस्तु का जनसंहार इसलिए चिढ़कर किया था कि शाक्यों ने धोखा देकर प्रसेनजित् से शाक्यकुमारी के बदले एक दासी-कुमारी से ब्याह कर दिया था, जिससे दासी - संतान होने के कारण विरुद्धक को अपने पिता के द्वारा अपदस्थ होना पड़ा था। शाक्यों के संहार के कारण विरुद्धक को अपने पिता के द्वारा अपदस्थ होना पड़ा था। शाक्यों के संहार के कारण बौद्धों ने इसे भी क्रूरता का अवतार अंकित किया है। 'भद्दसाल-कथा' के सम्बन्ध में जातक में कोशल - सेनापति बंधुल और उसकी स्त्री मल्लिका का विशद वर्णन है। इस बंधुल के पराक्रम से भीत होकर कोशल - नरेश ने इसकी हत्या करा डाली थी। और इसका बदला लेने के लिये, उसके भागिनेय दीर्घकारायण ने प्रसेनजित् से राज्यचिह्न लेकर क्रूर विरुद्धक को कोशल के सिंहासन पर अभिषिक्त किया।

प्रसेन और विरुद्धक—सम्बन्धिनी घटना का वर्णन 'अवदानकल्पलता' में भी मिलता है। बिम्बसार और प्रसेन दोनों के पुत्र विद्रोही थे और तत्कालीन धर्म के उलट - फेर में गौतम के विरोधी थे। इसीलिये इनका क्रूरतापूर्ण अतिरंजित चित्र बौद्ध इतिहास में मिलता है। उस काल के राष्ट्रों के उलट - फेर में धर्म के दुराग्रह ने भी सम्भवतः बहुत - सा भाग लिया था।

मागन्धी, जिसके उकसाने से पद्मावती पर उदयन बहुत असन्तुष्ट हुए थे, ब्राह्मण - कन्या थी, जिसको उसके पिता गौतम से ब्याहना चाहते थे, और गौतम ने उसका तिरस्कार किया था। इसी मागन्धी को और बौद्धों के साहित्य में वर्णित आम्रपाली (आम्बापाली) को, हमने कल्पना द्वारा एक में मिलाने का साहस किया है। आम्बापाली पतिता और वेश्या होने पर भी गौतम के द्वारा अन्तिम काल में पवित्र की गई। (कुछ लोग जीवक को इसी का पुत्र मानते हैं)।

लिच्छिबियों का निमंत्रण अस्वीकार करके गौतम ने उसकी भिक्षा ग्रहण की थी। बौद्धों की श्यामावती वेश्या आम्रपाली, मागन्धी और इस नाटक की श्यामा वेश्या का एकत्र संघटन कुछ विचित्र तो होगा, किन्तु चरित्र का विकास और कौतुक बढ़ाना ही इसका उद्देश्य है।

सम्राट अजातशत्रु

अजातशत्रु के समय में मगध साम्राज्य - रूप में परिणत हुआ। क्योंकि अंग और वैशाली को इसने स्वयं विजय किया था। और काशी अब निर्विवाद रूप से उसके अधीन हो गई। कोशल भी इसका मित्रराष्ट्र था। उत्तरीय भारत में यह इतिहास - काल का प्रथम सम्राट हुआ।

मथुरा के समीप परखम गाँव में मिली हुई अजातशत्रु की मूर्ति देखकर मिस्टर जायसवाल की सम्मति है कि अजातशत्रु ने सम्भवतः पश्चिम में मथुरा तक भी विजय किया था।

—लेखक

पुरुष –पात्र

बिम्बसार–मगध का सम्राट्
अजातशत्रु (कुणीक)–मगध का राजकुमार
उदयन–कौशाम्बी का राजा, मगध - सम्राट् का जामाता
प्रसेनजित्–कोशल का राजा
विरुद्धक–(शैलेन्द्र) कोशल का राजकुमार
गौतम–बुद्धदेव
सारिपुत्र–सद्धर्म के आचार्य
आनन्द–गौतम के शिष्य
देवदत्त (भिक्षु) – गौतम बुद्ध का प्रतिद्वन्द्वी
समुद्रदत्त–देवदत्त का शिष्य
जीवक–मगध का राजवैद्य
बसन्तक–उदयन का विदूषक
बन्धुल–कोशल का सेनापति
सुदत्त–कोशल का कोषाध्यक्ष
दीर्घकारायण–सेनापति बन्धुल का भाञ्जा, सहकारी सेनापति
लुब्धक–शिकारी

काशी का दण्डनायक, अमात्य, दूत, दौवारिक, और अनुचरगण।

स्त्री-पात्र

वासवी–मगध सम्राट् की बड़ी रानी
छलना–मगध सम्राट् की छोटी रानी और राजमाता
पद्मावती–मगध की राजकुमारी
मागन्धी (श्यामा)–आम्रपाली
वासवदत्ता–उज्जैन की राजकुमारी
} उदयन की रानियाँ

शक्तिमती (महामाया)–शाक्यकुमारी, कोशल की रानी
मल्लिका–सेनापति बन्धुल की पत्नी
बाजिरा–कोशल की राजकुमारी
नवीना–सेविका

विजया, सरला, कञ्चुकी, दासी, नर्त्तकी इत्यादि।

अजातशत्रु
पहला अंक
पहला दृश्य
स्थान प्रकोष्ठ

(राजकुमार अजातशत्रु, पद्मावती, समुद्रदत्त और शिकारी लुब्धक)

अजातशत्रु – क्यों रे लुब्धक ! आज तू **मृगशावक** नहीं लाया ! मेरा चित्रक अब किससे खेलेगा ?

समुद्रदत्त – कुमार ! यह बड़ा दुष्ट हो गया है । आज कई दिनों से यह मेरी बात सुनता ही नहीं ।

लुब्धक – कुमार ! हम तो आज्ञाकारी अनुचर हैं । आज **मैंने** जब एक मृगशावक को पकड़ा तब उसकी माता ने ऐसी करुणा-भरी दृष्टि से मेरी ओर देखा कि उसे छोड़ देते ही बना । अपराध क्षमा हो ।

अजातशत्रु – हाँ, तो फिर मैं तुम्हारी चमड़ी उधेड़ता हूँ । समुद्रदत्त ! ला तो कोड़ा ।

समुद्रदत्त –(**कोड़ा लाकर देता है**) –लीजिए । इसकी अच्छी पूजा कीजिए ।

पद्मावती – (**कोड़ा पकड़ कर**)-भाई कणीक ! तुम इतने **दिनों में ही** बड़े निष्ठुर हो गये ! भला उसे क्यों मारते हो ?

अजातशत्रु – उसने मेरी आज्ञा क्यों नहीं मानी ?

पद्मावती – उसे मैंने ही मना किया था, उसका क्या अपराध ?

समुद्रदत्त–(**धीरे से**)-तभी तो उसको आज-कल गर्व हो गया है । किसी की बात नहीं सुनता ।

अजातशत्रु – तो इस प्रकार तुम उसे मेरा अपमान करना सिखाती हो ?

पद्मावती–यह मेरा कर्त्तव्य है कि तुमको अभिशापों से बचाऊँ और अच्छी बातें सिखाऊँ । जा रे लुब्धक, जा, चला जा । कुमार जब मृगया खेलने जायँ तो उनकी सेवा करना । निरीह जीवों को पकड़कर निर्दयता सिखाने में सहायक न होना ।

अजातशत्रु – यह तुम्हारी बढ़ा - बढ़ी मैं सहन नहीं कर सकता।

पद्मावती – मानवी सृष्टि करुणा के लिये है, यों तो क्रूरता के निदर्शन हिंस्र पशु, जगत् में क्या कम हैं ?

समुद्रदत्त – देवी ! करुणा और स्नेह के लिये तो स्त्रियाँ जगत में हुई हैं, किन्तु पुरुष भी क्या वही हो जाय ?

पद्मावती – चुप रहो समुद्र ! क्या क्रूरता ही पुरुषार्थ का परिचय है ? ऐसी चाटूक्तियाँ भावी शासक को अच्छा नहीं बनातीं।

(छलना का प्रवेश)

छलना –पद्मावती ! यह तुम्हारा अविचार है। कुणीक का हृदय छोटी-छोटी बातों में तोड़ देना, उसे डरा देना, उसकी मानसिक उन्नति में बाधा देना है।

पद्मावती – माँ, यह क्या कह रही हो ! कुणीक मेरा भाई है, मेरे सुखों की आशा है, मैं उसे कर्त्तव्य क्यों न बताऊँ ? क्या उसे चाटुकारों की चाल में फँसते देखूँ और कुछ न कहूँ !

छलना – तो क्या तुम उसे बोदा और डरपोक बनाना चाहती हो ? क्या निर्बल हाथों से भी कोई राज - दण्ड ग्रहण कर सकता है ?

पद्मावती – माँ, क्या कठोर और क्रूर हाथों से ही राज्य सुशासित होता है ? ऐसा विषवृक्ष लगाना क्या ठीक होगा ? अभी कुणीक किशोर है, यही समय सुशिक्षा का है। बच्चों का हृदय कोमल थाला है, चाहे इसमें कँटीली झाड़ी लगा दो, चाहे फूलों के पौधे।

अजातशत्रु – फिर तुमने मेरी आज्ञा क्यों भंग होने दी ? क्या दूसरे अनुचर इसी प्रकार मेरी आज्ञा का तिरस्कार करने का साहस न करेंगे ?

छलना – यह कैसी बात ?

अजातशत्रु – मेरे चित्रक के लिये जो मृग आता था उसे ले आने के लिये लुब्धक रोक दिया गया। आज वह कैसे खेलेगा ?

छलना – पद्मा ! क्या तू इसकी मंगल-कामना करती है ? इसे अहिंसा सिखाती है, जो भिक्षुकों की भद्दी सीख है ? जो राजा होगा, जिसे शासन करना होगा, उसे भिखमंगों का पाठ नहीं पढ़ाया जाता। राजा का परम धर्म न्याय है, वह दण्ड के आधार पर है। क्या तुझे नहीं मालूम कि वह भी हिंसामूलक है ?

पद्मावती – माँ ! क्षमा हो। मेरी समझ में तो मनुष्य होना, राजा होने से, अच्छा है।

छलना – तू कुटिलता की मूर्ति है। कुणीक को अयोग्य शासक बनाकर उसका राज्य आत्मसात् करने के लिये कौशाम्बी से आयी है।

पद्मावती – माँ ! बहुत हुआ, अन्यथा तिरस्कार न करो। मैं आज ही चली जाऊंगी!

(वासवी का प्रवेश)

वासवी – वत्स कुणीक ! कई दिनों से तुमको देखा नहीं। मेरे मंदिर में इधर क्यों नहीं आये ? कुशल तो है ?

(अजात के सिर पर हाथ फेरती है)

अजातशत्रु – नहीं माँ, मैं तुम्हारे यहाँ न आऊँगा, जब तक पद्मा घर न जायगी।

वासवी-क्यों ! पद्मा तो तुम्हारी ही बहिन है। उसने क्या अपराध किया है ? वह तो बड़ी सीधी लड़की है।

छलना – **(क्रोध से) –वह** सीधी और तुम सीधी! आज से कभी कुणीक तुम्हारे पास न जाने पावेगा, और तुम भी यदि भलाई चाहो तो प्रलोभन न देना।

वासवी – छलना ! बहिन !! यह क्या कह रही हो ? मेरा वत्स कुणीक ! प्यारा कुणीक ! हा भगवान् ! मैं उसे देखने न **पाऊँगी** ? मेरा क्या अपराध –

अजातशत्रु – यह पद्मा, बार-बार मुझे अपदस्थ किया चाहती है, और जिस बात को मैं कहता हूँ उसे ही रोक देती है।

वासवी – यह मैं क्या देख रही हूँ। छलना ! यह गृह - विद्रोह की आग तू क्यों जलाया चाहती है। राज - परिवार में क्या सुख अपेक्षित नहीं है –

बच्चे बच्चों से खेलें, हो स्नेह बढ़ा उनके मन में,
कुल-लक्ष्मी हों मुदित, भरा हो मंगल उनके जीवन में।
बन्धुवर्ग हों सम्मानित, हों सेवक सुखी, प्रणत अनुचर,
शान्तिपूर्ण हो स्वामी का मन, वो स्पृहणीय न हो क्यों घर ?

छलना –यह सब जिन्हें खाने को नहीं मिलता, उन्हें चाहिए। जो प्रभु हैं, जिन्हें पर्याप्त है, उन्हें किसी की क्या चिन्ता – जो व्यर्थ अपनी आत्मा को दबावें।

वासवी – क्या तुम मेरा भी अपमान किया चाहती हो ? पद्मा तो जैसी मेरी, वैसी ही तुम्हारी ; उसे कहने का तुम्हें अधिकार है। किन्तु तुम तो मुझसे छोटी हो, शील और विनय का यह दुष्ट उदाहरण सिखा कर बच्चों की क्यों हानि कर रही हो ?

छलना – **(स्वगत) –मैं छोटी हूँ यह अभिमान तुम्हारा अभी गया नहीं है! (प्रकट)** –मैं छोटी हूँ, या बड़ी, किन्तु राजमाता हूँ। अजात को शिक्षा देने का मुझे अधिकार है। उसे राजा होना है। वह भिखमंगों का – जो अकर्मण्य होकर राज्य छोडकर दरिद्र हो गये हैं – उपदेश नहीं ग्रहण करने पावेगा।

पद्मावती – माँ, अब चलो, यहाँ से चलो ! नहीं तो मैं ही जाती हूँ।

वासवी – चलती हूँ बेटी। किन्तु छलना – सावधान ! यह असत्य गर्व मानव-समाज का बड़ा भारी शत्रु है।

(पद्मावती और वासवी जाती हैं)

(पट-परिवर्तन)

दूसरा दृश्य

स्थान–राजकीय प्रकोष्ठ

(महाराज बिम्बसार एकाकी बैठे हुए आप-ही-आप कुछ विचार रहे हैं।)

बिम्बसार – आह, जीवन की क्षणभंगुरता देखकर भी मानव कितनी गहरी नींव देना चाहता है। आकाश के नीले पत्र पर उज्ज्वल अक्षरों से लिखे हुए अदृष्ट के लेख जब धीरे-धीरे लुप्त होने लगते हैं तभी तो मनुष्य प्रभात समझने लगता है, और जीवन-संग्राम में प्रवृत्त होकर अनेक अकांड-तांडव करता है। फिर भी प्रकृति उसे अन्धकार की गुफा में ले जाकर उसका शान्तिमय, रहस्यपूर्ण भाग्य का चिट्ठा समझाने का प्रयत्न करती है। किन्तु वह कब मानता है ? मनुष्य व्यर्थ महत्व की आकांक्षा में मरता है; अपनी नीची, किन्तु सुदृढ़ परिस्थिति में उसे संतोष नहीं होता; नीचे से ऊँचे चढ़ना ही चाहता है, चाहे फिर गिरे तो भी क्या ?

छलना – (**प्रवेश करके**)-और नीचे के लोग वहीं रहें ! वे मानो कुछ अधिकार नहीं रखते ? ऊपर वालों का यह क्या अन्याय नहीं है ?

बिम्बसार – **(चौंककर)** – कौन, छलना ?

छलना – हां महाराज ! मैं ही हूँ।

बिम्बसार – तुम्हारी बात मैं नहीं समझ सका !

छलना – साधारण जीवों में भी उन्नति की चेष्टा दिखाई देती है। महाराज! इसकी किसको चाह नहीं है। महत्व का यह अर्थ नहीं है कि सब को क्षुद्र समझे।

बिम्बसार – तब ?

छलना – यही कि मैं छोटी हूँ, इसलिये पटरानी नहीं हो सकी, और वासवी मुझे इसी बात पर अपदस्थ किया चाहती हैं।

बिम्बसार –छलना !यह क्या !तुम तो राजमाता हो। देवी वासवी के लिये

थोड़ा-सा भी सम्मान कर लेना तुम्हें विशेष लघु नहीं बना सकता -- उन्होंने कभी तुम्हारी अवहेलना भी तो नहीं की।

छलना -- इन भुलावों में मैं नहीं आ सकती। महाराज !मेरी धमनियों में लिच्छिवी-रक्त बड़ी शीघ्रता से दौड़ता है। यह नीरव अपमान, यह सांकेतिक घृणा, मुझे स**ह्य**नहीं, और जब कि खुल कर कुणीक का अपकार किया जा रहा है, तब तो --

बिम्बसार --ठहरो ! तुम्हारा यह अभियोग अन्यायपूर्ण है। क्या इसी कारण तो बेटी पद्मावती नहीं चली गई ? क्या इसी कारण तो कुणीक मेरी भी आज्ञा सुनने में आनाकानी नहीं करने लगा है ? यह कैसा उत्पात मचाया चाहती हो ?

छलना -- मैं उत्पात रोकना चाहती हूँ। आपको कुणीक के युवराज्याभिषेक की घोषण आज ही करनी पड़ेगी।

वासवी -- (प्रवेश करके) -- नाथ, मैं भी इसमें सहमत हूँ। मैं चाहती हूँ कि यह उत्सव देखकर और आपकी आज्ञा लेकर मैं कोशल जाऊँ। सुदत्त आज आया है, भाई ने मुझे बुलाया है।

बिम्बसार -- कौन, देवी **वासवी !**

वासवी -- हाँ महाराज।

कंचुकी -- (प्रवेश करके) -- महाराज ! जय हो ! भगवन् **तथागत** गौतम आ रहे हैं।

बिम्बसार -- सादर लिवा लाओ -- **(कंचुकी का प्रस्थान)** छलना ! हृदय का आवेग कम करो, महाश्रमण के सामने दुर्बलता न प्रकट होने पावे।

(अजात को साथ लिये हुए गौतम का प्रवेश)

(सब नमस्कार करते हैं)

गौतम --कल्याण हो !शान्ति मिले !!

बिम्बसार --भगवन्, आपने पधारकर मुझे अनुगृहीत किया।

गौतम -- राजन्! कोई किसी को अनुगृहीत नहीं करता। विश्व-भर में यदि कुछ कर सकती है तो वह करुणा है, जो प्राणिमात्र में सम दृष्टि रखती है।

गोधूली के राग-पटल में स्नेहांचल फहराती है।
स्निग्ध उषा के शुभ्र गगन में हास-विलास दिखाती है।।
मुग्ध मधुर बालक के मुख पर चन्द्रकान्ति बरसाती है।
निर्निमेष ताराओं से वह ओस-बूँद भर लाती है।।
निष्ठुर आदि-सृष्टि पशुओं की विजित हुई इस करुणा से।
मानव का महत्व जगती पर फैला अरुणा करुणा से।।

वासवी –करुणामूर्ति ! हिंसा से रँगी हुई वसुन्धरा आपके चरणों के स्पर्श से अवश्य ही स्वच्छ हो जायगी। उसकी कलंक-कालिमा धुल जायगी।

गौतम –राजन्, शुद्ध बुद्धि तो सदैव निर्लिप्त रहती है। केवल साक्षी-रूप से वह सब दृश्य देखती है। तब भी, इन सांसारिक झगड़ों में उसका उद्देश्य होता है कि न्याय का पक्ष विजयी हो – यही न्याय का समर्थन है। तटस्थ की यही शुभेच्छा सत्व से प्रेरित होकर समस्त सदाचारों की नींव विश्व में स्थापित करती है। यदि वह ऐसा न करे तो अप्रत्यक्ष रूप से अन्याय का समर्थन हो जाता है – हम विरक्तों को भी इसीलिये राजदर्शन की आवश्यकता हो जाती है।

बिम्बसार –भगवन् की शान्तिवाणी की धारा प्रलय की नरकाग्नि को भी बुझा देगी। मैं कृतार्थ हुआ।

छलना – (**नीचा सर करके**) – भगवन् ! यदि आज्ञा हो तो मैं जाऊँ।

गौतम – रानी ! तुम्हारे पति और देश के सम्राट के रहते हुए मुझे कोई अधिकार नहीं है कि तुम्हें आज्ञा दूँ। तुम इन्हीं से आज्ञा ले सकती हो।

बिम्बसार – (**घूमकर देखते हुए**) – हाँ, छलने ! तुम जा सकती हो। किन्तु कुणीक को न ले जाना – क्यों कि तुम्हारा मार्ग टेढ़ा है।

(**छलना का क्रोध से प्रस्थान**)

गौतम – यह तो मैं पहले ही से समझता था, किन्तु छोटी रानी के साथ अन्य लोगों को भी विचार से काम लेना चाहिए।

बिम्बसार –भगवन् ! हम लोगों का क्या अविचार आपने देखा ?

गौतम – शीतल वाणी – मधुर व्यवहार – से क्या वन्य पशु भी वश में नहीं हो जाते ? राजन्, संसार-भर के उपद्रवों का मूल व्यंग्य है। हृदय में जितना यह घुसता है उतनी कटार नहीं। वाक्संयम विश्वमैत्री की पहली सीढ़ी है। अस्तु, अब मैं तुमसे एक काम की बात कहना चाहता हूँ। क्या तुम मानोगे – क्यों महारानी ?

बिम्बसार – अवश्य।

गौतम-तुम आज ही अजातशत्रु को युवराज बना दो और इस भीषण भोग से कुछ विश्राम लो। क्यों कुमार ! तुम राज्य का कार्य मन्त्रि-परिषद की सहायता से चला सकोगे ?

अजातशत्रु –क्यों नही, पिता जी यदि आज्ञा दें।

गौतम –यह बोझ, जहाँ तक शीघ्र हो, यदि एक अधिकारी व्यक्ति को सौंप दिया जाय तो मानव को प्रसन्न ही होना चाहिए। क्योंकि राजन्, इससे कभी-न-कभी तुम हटाये जाओगे; जैसा कि विश्व-भर का नियम है। फिर, यदि तुम उदारता से उसे भोग कर छोड़ दो तो इसमें क्या दुःख –

बिम्बसार --योग्यता होनी चाहिये महाराज ! यह बड़ा गुरुतर कार्य है। नवीन रक्त राज्यश्री को सदैव तलवार के दर्पण में देखना चाहता है।

गौतम (हँसकर)–ठीक है। **किन्तु**,काम करने के पहले तो किसी ने भी आज तक विश्वस्त प्रमाण नहीं दिया कि वह कार्य के योग्य है। यह बहाना तुम्हारा राज्याधिकार की आकांक्षा प्रकट कर रहा है। राजन् ! समझ लो, इस गृह-विवाद और आन्तरिक झगड़ों से विश्राम लो।

वासवी –भगवन् ! हम लोगों के लिये तो एक छोटा-सा उपवन पर्याप्त है। मैं वहीं नाथ के साथ रहकर सेवा कर सकूँगी।

बिम्बसार –तब जैसी आपकी आज्ञा। –(**कंचुकी से**) राजपरिषद सभागृह में एकत्र हो, कंचुकी ! शीघ्रता करो।

(कंचुकी का प्रस्थान)

(पट-परिवर्तन)

तीसरा दृश्य

स्थान – पथ

(समुद्रदत्त और देवदत्त)

देवदत्त –वत्स ! मैं तेरी कार्यवाही से प्रसन्न हूँ। हाँ, फिर क्या हुआ – क्या अजात का राजतिलक हो गया ?

समुद्रदत्त – शुभ मुहूर्त में सिंहासन पर बैठना ही शेष है और परिषद का कार्य तो उनकी देखरेख में होने लगा। कुशलता से राजकुमार ने कार्यारम्भ किया है, किन्तु गौतम यदि न चाहते तो यह काम सरलता से न हो सकता।

देवदत्त –फिर उसी ढकोसलेवाले ढोंगी की प्रशंसा ! अरे समुद्र, यदि मैं इसकी चेष्टा न करता तो यह सब कुछ न होता – लिच्छिवी-कुमारी में इतना मनोबल कहाँ कि वह यों अड़ जाती !

समुद्रदत्त – तो युवराज ने आपको बुलाया है, क्योंकि रानी वासवी और महाराज बिम्बसार सम्भवतः अपनी नवीन कुटी में चले गये होंगे। अब यह राज्य केवल राजमाता और युवराज के हाथ में है। उनकी इच्छा है कि आपके सदुपदेश से राज्य सुशासित हो।

देवदत्त – (**कुछ बनता हुआ**) – यह झंझट भला मुझ विरक्त से कहाँ होगी। फिर भी लोकोपकार के लिये तो कुछ करना ही पड़ता है।

समुद्रदत्त – किन्तु गुरुदेव ! युवराज है बड़ा उद्धत, उसके संग रहने से भी

डर मालूम पड़ता है। बिना आपकी छाया के मैं तो नहीं रह सकता।

देवदत्त –वत्स समुद्र ! तुम नहीं जानते कि कितना गुरुतर काम तुम्हारे हाथ में है। मगध-राष्ट्र का उद्धार इस भिक्षु के हाथों से करना ही होगा। जब राजा ही उसका अनुयायी है, फिर जनता क्यों न भाड़ में जायगी। यह गौतम बड़ा ही कपट-मुनि है। देखते नहीं, यह कितना प्रभावशाली होता जा रहा है; नहीं तो मुझे इन झगड़ों से क्या काम ?

समुद्रदत्त – तब क्या आज्ञा है ?

देवदत्त – गौतम का प्रभाव मगध पर से तब तक नहीं हटेगा जब तक बिम्बसार राजगृह से दूर न जायगा। यह राष्ट्र का शत्रु गौतम समग्र जम्बूद्वीप को भिक्षु बनाना चाहता है और अपने को उनका मुखिया। इस तरह जम्बूद्वीप-भर पर एक दूसरे रूप में शासन करना चाहता है।

जीवक –(**सहसा प्रवेश करके**) – आप विरक्त हैं और मैं गृही। किन्तु, जितना मैंने आपके मुख से अकस्मात् सुना है वही पर्याप्त है कि मैं आपको रोककर कुछ कहूँ। संघभेद करके आपने नियम तोड़ा है, उसी तरह राष्ट्रभेद करके क्या देश का नाश कराना चाहते हैं ?

देवदत्त –यह पुरानी मंडली का गुप्तचर है, समुद्र ! युवराज से कहो कि इसका उपाय करें। यह विद्रोही है, इसका मुख बन्द होना चाहिये।

जीवक –ठहरो, मुझे कह लेने दो। मैं ऐसा डरपोक नहीं हूँ कि जो बात तुमसे कहनी है उसे मैं दूसरों से कहूँ। मैं भी राजकुल का प्राचीन सेवक हूँ। तुम लोगों की यह कूटमन्त्रणा अच्छी तरह समझ रहा हूँ। इसका परिणाम कदापि अच्छा नहीं। सावधान, मगध का अधःपतन दूर नहीं है।

(जाता है)

सुदत्त – (**प्रवेश करके**) – आर्य समुद्रदत्त जी ! कहिये, मेरे जाने का प्रबन्ध तो ठीक हो गया है न ? कोशल शीघ्र पहुँच जाना मेरे लिये आवश्यक है। महारानी तो अब जायँगी नहीं, क्योंकि मगधनरेश ने वानप्रस्थ आश्रम का अवलम्बन किया है ;फिर मैं ठहर कर क्या करूँ ?

समुद्रदत्त – किन्तु युवराज ने तो अभी आपको ठहरने के लिये कहा है।

सुदत्त – नहीं, मुझे एक क्षण भी यहाँ ठहरना अनुचित जान पड़ता है। मैं इसीलिये आपको खोजकर मिला हूँ कि मुझे यहाँ का समाचार कोशल में शीघ्र पहुँचाना होगा। युवराज से मेरी ओर से क्षमा माँग लीजियेगा।

(जाता है)

देवदत्त – चलो युवराज के पास चलें।

(दोनों जाते हैं)

(पट-परिवर्तन)

चौथा दृश्य

स्थान – उपवन

(महाराज बिम्बसार और महारानी वासवी)

बिम्बसार – देवी, तुम कुछ समझती हो कि मनुष्य के लिये एक पुत्र का होना क्यों इतना आवश्यक समझा गया है?

वासवी –नाथ ! मैं तो समझती हूँ कि वात्सल्य नाम का जो पुनीत स्नेह है उसी के पोषण के लिये।

बिम्बसार – स्नेहमयी ! वह भी हो सकता है, किन्तु मेरे विचार में कोई और ही बात है।

वासवी –वह क्या, नाथ ?

बिम्बसार – संसारी को त्याग, तितिक्षा या विराग होने के लिये पहला और सहज साधन है। पुत्र को समस्त अधिकार देकर वीतराग हो जाने से असन्तोष नहीं रह जाता ; क्यों कि मनुष्य अपनी ही आत्मा का भोग उसे भी समझता है।

वासवी – मुझे यह जानकर प्रसन्नता हुई कि आपको अधिकार से वंचित होने का दु:ख नहीं।

बिम्बसार –दु:ख तो नहीं, देवी ! फिर भी इस कुणीक के व्यवहार से अपने अधिकार का ध्यान हो जाता है। तुम्हें विश्वास हो या न हो, किन्तु कभी-कभी याचकों का लौट जाना मेरी वेदना का कारण होता है।

वासवी – तो नाथ ! जो आपका है वही न राज्य का है, उसी का अधिकारी कुणीक है, और जो कुछ मुझे मेरे पीहर से मिला है, उसे जब तक मैं न छोडूँ, तब तक तो मेरा ही है।

बिम्बसार – इसका क्या अर्थ है?

वासवी – काशी का राज्य मुझे, मेरे पिता ने, आँचल में दिया है, उसकी आय आपके हाथ में आनी चाहिये और मगध-साम्राज्य की एक कौड़ी भी आप न छुएँ। नाथ ! मैं ऐसा द्वेष से नहीं कहती हूँ ; किन्तु केवल आपका मान बचाने के लिये।

बिम्बसार – मुझे फिर उन्हीं झगड़ों में पड़ना होगा देवी, जिन्हें अभी छोड़ आया।

(जीवक का प्रवेश)

जीवक –महाराज की जय हो।

बिम्बसार – जीवक, यह कैसा परिहास ? यह सम्बोधन अब क्यों ? यहाँ तुम कैसे आये ?

जीवक –यह अभ्यास का दोष है। मैं श्रीमान् के साथ ही रहूँगा ; अब मुझे वह गृहस्थी अच्छी नहीं लगती।

बिम्बसार – इस अकारण वैराग्य का कोई अर्थ भी है ?

जीवक – कुछ नहीं राजाधिराज !और है तो यही कि जिन आत्मीयों के लिये निष्कपट भाव से मैं परिश्रम करता हुआ सुख देने का प्रबन्ध करता हूँ, वे भी विद्रोही हो जाते हैं।

वासवी – महाराज, जीवन की सारी क्रियाओं का अन्त केवल अनन्त विश्राम में है। इस वाह्य हलचल का उद्देश्य आन्तरिक शान्ति है, फिर जब उसके लिये व्याकुल पिपासा जग उठे तब उसमें विलम्ब क्यों करे ?

जीवक – यही विचारकर मैं भी स्वामी की शरण आया हूँ, क्योंकि समुद्रदत्त की चालें मुझे नहीं रुचतीं। अदृष्ट का आदेश जानकर मैं भी आपका अनुगामी हो गया हूँ।

बिम्बसार – क्या अदिृष्ट सोचकर, अकर्मण्यबनकर, तुम भी मेरी तरह बैठ जाना चाहते हो ?

जीवक – नहीं महाराज ! अदृष्ट तो मेरा सहारा है। नियति की डोरी पकड़कर मैं निर्भय कर्मकूप में कूद सकता हूँ। क्योंकि मुझे विश्वास है कि जो होना है वह तो होगा ही, फिर कायर क्यों बनूँ – कर्म से क्यों विरक्त रहूँ – मैं इस उच्छृंखल नवीन राजशक्ति का विरोधी होकर आपकी सेवा करने आया हूँ।

वासवी – यह तुम्हारी उदारता है, किन्तु हम लोगों को किस बात की शंका है जो तुम व्यस्त हो ?

जीवक – देवदत्त, निष्ठुर देवदत्त के कुचक्र से महाराज की जीवन-रक्षा होनी ही चाहिये !

बिम्बसार – आश्चर्य !यह मैं क्या सुन रहा हूँ ! जीवक ! मुझे भ्रान्ति में न डालो – विष का घड़ा मेरे हृदय पर न ढालो। भला अब मेरे प्राण से मगध-सा साम्राज्य को क्या सम्बन्ध है ? देवदत्त मुझसे क्यों इतना असन्तुष्ट है ?

जीवक – बुद्धदेव की प्रतिद्वन्द्विता ने उसे अन्धा कर दिया है –

महत्वाकांक्षा उसे एक गर्त्त में गिरा रही है। उसकी वह आशा तब तक सफल न होगी जब तक आप जीवित रहकर गौतम की प्रतिष्ठा बढ़ाते रहेंगे और उनकी सहायता करते रहेंगे।

बिम्बसार – मूर्खता – नहीं,नहीं, यह देवदत्त की क्षुद्रता है। भला आत्मबल या प्रतिभा किसी की प्रशंसा के बल से विश्व में खड़ी होती है। अपना अवलम्ब वह स्वयं है, इसमें मेरी इच्छा वा अनिच्छा क्या। वह दिव्य ज्योति स्वतः सबकी आँखों को आकर्षित कर रही है। देवदत्त का विरोध केवल उसे उन्नति दे सकेगा।

जीवक – देव ! फिरभी जो ईर्ष्या की पट्टी आँखों पर चढ़ाये हैं वे इसे नहीं देख सकते। अब मुझे क्या आज्ञा है, क्यों कि यह जीवन अब आप ही की सेवा के लिए उत्सर्ग है।

वासवी – जीवक, तुम्हारा कल्याण हो, तुम्हारी सद्‌बुद्धि तुम्हारी चिरसंगिनी रहे। महाराज को अब स्वतन्त्र वृत्ति की आवश्यकता है, अतः काशी-प्रान्त का राजस्व, जो हमारा प्राप्य है, लाने का उद्योग करना होगा। मगध-साम्राज्य से हम लोग किसी प्रकार का सम्बन्ध न रखेंगे।

जीवक – देवी ! इसके पहले एक बार मेरा कौशाम्बी जाना आवश्यक है।

बिम्बसार – नहीं। जीवक ! मुझे किसी की सहायता की आवश्यकता नहीं, अब वह राष्ट्रीय झगड़ा मुझे नहीं रुचता।

वासवी – तब भी आपको भिक्षावृत्ति नहीं करनी होगी। अभी हम लोगों में वह त्याग, मानापमान-रहित अपूर्व स्थिति नहीं आ सकेगी। फिर, जो शत्रु से भी अधिक घृणित व्यवहार करना चाहता हो, उसकी भिक्षावृत्ति पर अवलम्ब करने को हृदय नहीं कहता।

जीवक – तो सुदत्त कोशल जा चुके हैं और कौशाम्बी में भी यह समाचार पहुँचना आवश्यक है। इसीलिये मैं कहता था ; और कोई बात नहीं। काशी के दंडनायक से भी मिलता जाऊँगा।

बिम्बसार – जैसी तुम लोगों की इच्छा।

वासवी – नाथ ! मैं आपसे छिपाती थी, फिर भी कहना ही पड़ा कि हम लोग वानप्रस्थ आश्रम में भी स्वतंत्र नहीं रखे गये हैं।

बिम्बसार – (**निःश्वास लेकर**) – ऐसा ! तो कुछ हो –

(गाते हुए भिक्षुकों का प्रवेश)

न धरो कहकर इसको 'अपना'।
यह दो दिन का है सपना।। न धरो....

वैभव का बरसाती नाला, भरा पहाड़ी झरना।
बहो, बहाओ नहीं अन्य को, जिससे पड़े कलपना।।न धरो....।।
दुखियों का कुछ आँसू पोंछ लो, पड़े न आहें भरना।
लोभ छोड़कर हो उदार, बस, एक उसी को जपना।। न धरो....।।

बिम्बसार –देवी, इन्हें कुछ दो –

वासवी – और तो कुछ नहीं है – (**कंकण उतारकर देती है**) – प्रभु! इन स्वर्ण और रत्नों का आँखों पर बड़ा रंग रहता है, जिससे मनुष्य अपना अस्थि-चर्म का शरीर तक नहीं देखने पाता – !

(भिखारी जाते हैं)

[पटाक्षेप]

पाँचवाँ दृश्य

(कौशाम्बी में मागन्धी का मन्दिर)

मागन्धी – (स्वगत) – इस रूप का इतना अपमान! सो भी एक दरिद्र भिक्षु के हाथ! मुझसे ब्याह करना अस्वीकार किया! यहाँ मैं राजरानी हुई, फिर भी वह ज्वाला न गयी; यहाँ रूप का गौरव हुआ तो धन के अभाव से दरिद्र कन्या होने के अपमान की यन्त्रणा में पिस रही हूँ! अच्छा, इसका भी प्रतिशोध लूँगी; अब से यही मेरा व्रत हुआ। उदयन राजा है, तो मैं भी अपने हृदय की रानी हूँ। दिखला दूँगी कि स्त्रियाँ क्या कर सकतीं हैं!

(एक दासी का प्रवेश)

दासी – देवी! क्या आज्ञा है?

मागन्धी – तू ही न गयी थी गौतम का समाचार लाने, वह आज-कल पद्मावती के मन्दिर में भिक्षा करने आता है न?

दासी – आता है स्वामिनी! वह तो घंटों महल में बैठकर उपदेश करता है। महाराज भी वहीं बैठकर उसकी वक्तृता सुनते हैं, बड़ा आदर करते हैं।

मागन्धी – तभी कई दिनों से इधर नहीं आते हैं। अच्छा, नर्तकियों को तो बुला ला। नवीना से भी कह दे कि वह शीघ्र आवे और आसव लेती आवे।

(दासी का प्रस्थान)

मागन्धी – (आप-ही-आप) – गौतम! यह तुम्हारी तितिक्षा तुम्हें कहाँ ले जायगी? यह तुमने कभी न विचारा कि सुन्दरी स्त्रियाँ भी संसार में कुछ अपना अस्तित्व रखती हैं। अच्छा, देखूँ तो कौन खड़ा रहता है।

(नवीना का पानपात्र लेकर प्रवेश)

नवीना – देवी की जय हो !

मागन्धी – तुम्हें भी बुलाना होगा, क्यों ? महाराज नहीं आते हैं तो तुम सब महारानी हो गयी हो न !

नवीना – दासी को आज्ञा मिलनी चाहिये ; यह तो प्रतिक्षण श्रीचरणों में रहती है।

(पान कराती है)

मागन्धी – महाराज आज आवेंगे कि नहीं, इसका पता लगाकर शीघ्र आओ–

(नवीना जाती है)

मागन्धी – (आप–ही–आप गाती है)–

अली ने क्यों भला अवहेला की।
चम्पक-कली खिली सौरभ से उषा मनोहर बेला की।।
विरस दिवस, मन बहलाने को मलयज से फिर खेला की ।
अली ने क्यों भला अवहेला की।।

नवीना – (प्रवेश करके) – महाराज आया ही चाहते हैं।

मागन्धी – अच्छा, आज मुझे बड़ा काम करना है, नवीना ! नर्तकियों को शीघ्र बुला–मेरी वेशभूषा ठीक है न–देख तो–

नवीना – वाह स्वामिनी, तुम्हें वेशभूषा की क्या आवश्यकता है–यह सहज सुन्दर रूप बनावटों से और भी बिगड़ जायगा।

मागन्धी –(हँसकर)– अच्छा-अच्छा, रहने दे, और सब उपकरण ठीक रहें, समझी ? कोई वस्तु अस्तव्यस्त न रहे। अप्रसन्नता की कोई बात न होने पावे। उस दिन जो कहा है वह भी ठीक रहे ।

नवीना – वह भी आपके फिर से कहने की आवश्यकता है ? मैं सब अभी ठीक किये देती हूँ। (जाती है)

(एक ओर से उदयन का और दूसरी ओर से नर्तकियों का प्रवेश। सब नाचती हैं और मागन्धी उदयन का हाथ पकड़कर बैठाती है।)

(नर्तकियों का गान)

प्यारे निर्मोही होकर मत हमको भूलना रे।
बरसो सदा दया जल शीतल,
सिंचे हमारा हृदय–मरुस्थल,
अरे कँटीले फूल इसी में फूलना रे।

(नर्तकियाँ जाती हैं)

मागन्धी – आर्यपुत्र ! क्या कई दिनों तक मेरा ध्यान भी न आया ? क्या मुझसे कोई अपराध हुआ था?

उदयन – नहीं प्रिये ! मगध से गौतम नाम के महात्मा आये हैं, जो अपने को 'बुद्ध' कहते हैं। देवी पद्मावती के मन्दिर में उनका संघ निमंत्रित होता था और वे उपदेश देते थे। महादेवी वासवदत्ता भी वहीं नित्य आती थीं।

मागन्धी – (**बात काटकर**) – तब फिर मुझे क्यों पूछा जाय !

उदयन – (**आदर से**)– नहीं–नहीं, यह तो तुम्हारी ही भूल थी, बुलवाने पर भी नहीं आईं। वाह ! सुनने के योग्य उपदेश होता था। अभी तो कई दिन होगा। हमने अनुरोध किया है कि वे कुछ दिनों तक ठहरकर कौशाम्बी में धर्म का प्रचार करें।

मागन्धी – आप पृथ्वीनाथ हैं, सब कुछ आपको सोहता है, किन्तु मैं तो अच्छी आँखों से इस गौतम को नहीं देखती। मगध के राजमन्दिर में ही मुड़ियों का स्वाँग अच्छा है, कौशाम्बी, इस पाखंड से बची रहे तो बड़ा उत्तम हो। स्त्रियों के मन्दिर में उपदेश क्यों हो –क्या उन्हें पातिव्रत छोड़कर किसी और भी धर्म की आवश्यकता है ?

(पानपात्र बढ़ाती है)

उदयन– ठहरो मागन्धी ! पुरुष का हृदय बड़ा सशंक होता है, क्या तुम इसे नहीं जानती ? क्या अभी–अभी तुमने कुछ विषाक्त व्यंग नहीं किया है ? यह मदिरा अब मैं नहीं पीऊँगा। अभी आज ही भगवान् का इसी पर उपदेश हुआ है, पर मैं देखता हूँ कि मदिरा के पहले तुमने हलाहल मेरे हृदय में उँड़ेल दिया। यह व्यंग्य सूखे ग्रास की तरह नीचे भी नहीं उतरता और बाहर भी नहीं हो पाता।

मागन्धी – क्षमा कीजिये नाथ ! मैं प्रार्थना करती हूँ, अपने हृदय को इस हाला से तृप्त कीजिये। अपराध क्षमा हो ! मैं दरिद्र-कन्या हूँ। मुझे आपके पाने पर और किसी की अभिलाषा नहीं है। वे आपको पा चुकी हैं, अब उन्हें और कुछ की बलवती आकांक्षा है, चाहे उसे लोग धर्म ही क्यों न कहें। मुझमें इतनी सामर्थ्य भी नहीं।

उदयन – हूँ, अच्छा, देखा जायगा। –(**मुग्ध होकर**) उठो मागन्धी, उठो ! मुझे अपने हाथों से अपना प्रेम-पूर्ण पात्र शीघ्र पिलाओ, फिर कोई बात होगी। **(मागन्धी मदिरा पिलाती है)**

उदयन – (**प्रेमोन्मत्त होकर**) – तो मागन्धी, कुछ गाओ। अब मुझे अपने मुखचन्द्र को निर्निमेष देखने दो कि मैं एक अतीन्द्रिय जगत् की नक्षत्रमालिनी

निशा को प्रकाशित करनेवाले शरच्चन्द्र की कल्पना करता हुआ भावना की सीमा को लाँघ जाऊँ, और तुम्हारा सुरभि-निःश्वास मेरी कल्पना का आलिंगन करने लगे।

मागन्धी – वही तो मैं भी चाहती हूँ कि मेरी मूर्च्छना में मेरे प्राणनाथ की विश्वमोहिनी वीणा सहकारिणी हो, हृदय और तन्त्री एक होकर बज उठे, विश्व-भर जिसके सम पर सिर हिला दे और पागल हो जाय।

उदयन – हाँ मागन्धी ! वह रूप तुम्हारा बड़ा प्रभावशाली था, जिसने उदयन को तुम्हारे चरणों में लुटा दिया –**(मद्यप की-सी चेष्टा करता है)**– किसी दासी को भेजो कि पद्मावती के मंदिर में से...

मागन्धी – **(दासी से)** आर्यपुत्र की हस्तिस्कन्ध-वीणा ले आओ।

(दासी जाती है)

उदयन – तब तक तुम्हीं कुछ सुनाओ।

(मागन्धी पान कराती है और गाती है)

आओ हिये में अहो प्राणप्यारे।
नैन भये निर्मोही, नहीं अब देखे बिना रहते हैं तुम्हारे।।
सबको छोड़ तुम्हें पाया है, देखूं कि तुम होते हो हमारे।
तपन बुझे तन की औ मन की, हों हम तुम पल एक न न्यारे।।
आओ हिये में अहो प्राणप्यारे !

उदयन – हृदयेश्वरी ! कौन मुझसे तुमको अलग कर सकता है ?

हमारे वक्ष में बनकर हृदय, यह छवि समायेगी।
स्वयं निज माधुरी छवि का रसीला गान गायेगी।।
अलग तब चेतना ही चित्त में कुछ रह न जायेगी।
अकेले विश्व-मन्दिर में तुम्हीं को पूज पायेगी।।

मागन्धी – प्रियतम ! मैं दासी हूँ।

उदयन – नहीं, तुम आज से मेरी स्वामिनी बनो।

(दासी वीणा लेकर आती है और उदयन के सामने रखती है ; उदयन के उठाने के साथ ही साँप का बच्चा निकल पड़ता है-मागन्धी चिल्ला उठती है।)

मागन्धी – पद्मावती ! तू यहाँ तक आगे बढ़ चुकी है ! जो मेरी शंका थी वह प्रत्यक्ष हुई।

उदयन – **(क्रोध से उठकर खड़ा हो जाता है)** – अभी इसका प्रतिशोध लूँगा। ओह ! ऐसा पाखंड-पूर्ण आचरण ! असह्य !

मागन्धी – क्षमा सम्राट् ! आपके हाथ में न्यायदंड है। केवल प्रतिहिंसा से

आपका कोई कर्तव्य निर्धारित न होना चाहिये, सहसा भी नहीं। प्रार्थना है कि आज विश्राम करें, कल विचारकर कोई काम कीजियेगा।

उदयन – नहीं। – **(सिर पकड़कर)** – किन्तु फिर भी तुम कह रही हो, – अच्छा, मैं विश्राम चाहता हूँ।

मागन्धी – यहीं...।

(उदयन लेटता है, मागन्धी पैर दबाती है)

[पट-परिवर्तन]

छठा दृश्य

(कौशाम्बी के पथ में जीवक)

जीवक – **(आप-ही-आप)** – राजकुमारी से भेंट भी हुई और गौतम के दर्शन भी हुए, किन्तु मैं तो चकित हो गया हूँ कि मैं क्या करूँ! वासवी देवी और उनकी कन्या पद्मावती, दोनों की एक ही तरह की अवस्था है। जिसे अपना सम्हालना ही दुष्कर है, वह वासवी की क्या सहायता कर सकेगी। सुना है कि कई दिन से पद्मावती के मन्दिर में उदयन जाते ही नहीं, और व्यवहारों से भी कुछ असन्तुष्ट से दिखलाई पड़ते हैं। क्योंकि उन्हीं के परिजन होने के कारण मुझसे भी अच्छी तरह न बोले, और महाराज बिम्बसार की कथा सुनकर भी कोई मत नहीं प्रकट किया। दासी आने को थी, वह भी नहीं आई। क्या करूँ?

(दासी का प्रवेश)

दासी – नमस्कार! देवी ने कहा है, आर्य जीवक से कहो कि मेरी चिन्ता न करें। माताजी की देखरेख उन्हीं पर है, अतः वे शीघ्र ही मगध चले जायँ। देवता जब प्रसन्न होंगे तो उनसे अनुरोध करके कोई उपाय निकालूँगी और पिताजी के श्रीचरणों का भी दर्शन करूँगी। इस समय तो उनका जाना ही श्रेयस्कर है। महाराज की विरक्ति से मैं उनसे भी कुछ कहना नहीं चाहती। सम्भव है कि उन्हें किसी षड्यन्त्र की आशंका हो, क्योंकि नई रानी ने मेरे विरुद्ध कान भर दिये हैं। इसलिये मुझे अपनी कन्या समझकर क्षमा करेंगे। मैं इस समय बहुत दुखी हो रही हूँ, कर्तव्य निर्धारण नहीं कर सकती।

जीवक – राजकुमारी से कहना कि मैं उनकी कल्याण-कामना करता हूँ। भगवान् की कृपा से वे अपने पूर्व-गौरव को लाभ करें, और मगध की कोई चिन्ता न करें। मैं केवल संदेश कहने यहाँ चला आया था। अभी मुझे शीघ्र कोशल जाना होगा।

दासी – बहुत अच्छा। –**(नमस्कार करके जाती है)**

(गौतम का सब के साथ प्रवेश)

जीवक – महाश्रमण के चरणों में अभिवादन करता हूँ।

गौतम – शान्ति मिले, धर्म में श्रद्धा हो। जीवक, तुम अच्छे तो हो ? कहो, मगध के क्या समाचार हैं ? मगध-नरेश सकुशल तो हैं ?

जीवक – तथागत ! आपसे क्या छिपा है। मगध-राज-कुल में बड़ी अशान्ति है। वानप्रस्थ आश्रम में भी महाराज बिम्बसार को चैन नहीं है।

गौतम – जीवक ! –

चञ्चल चन्द्र, सूर्य है चञ्चल,
चपल सभी ग्रह तारा हैं।
चञ्चल अनिल, अनल, जल, थल, सब
चञ्चल जैसे पारा है।
जगत प्रगति से अपने चञ्चल
मन की चञ्चल लीला है।
प्रति क्षण प्रकृति चञ्चला जैसी
यह परिवर्तनशीला है
अणु-परमाणु, दुःख-सुख चञ्चल
क्षणिक सभी सुख-साधन हैं।
दृश्य सकल नश्वर-परिणामी,
किसको दुःख किसको धन हैं ?
क्षणिक सुखों को स्थायी कहना,
दुःख-मूल यह भूल महा।
चञ्चल मानव ! क्यों भूला तू,
इस सीठी में सार कहाँ ?

जीवक – प्रभु सत्य है।

गौतम – कल्याण हो। सत्य की रक्षा करने से, वही सुरक्षित कर लेता है। जीवक ! निर्भय होकर पवित्र कर्तव्य करो।

(गौतम का प्रस्थान)

(विदूषक वसन्तक का प्रवेश)

वसन्तक – अहा वैद्यराज ! नमस्कार। बस एक रेचक और थोड़ा-सा वस्तिकर्म – इसके बाद गर्मी ठंडी ! अभी आप हमारे नमस्कार का भी उत्तर देने के लिये मुख न खोलिये। पहले रेचक प्रदान कीजिये। निदान में समय नष्ट न कीजिये।

जीवक – (स्वगत) – यह विदूषक इस समय कहाँ से आ गया ! भगवान्, किसी तरह हटे।

वसन्तक – क्या आप निदान कर रहे हैं ? अजी अजीर्ण है अजीर्ण। पाचन देना हो दो, नहीं तो हम अच्छी तरह जानते हैं कि वैद्य लोग अपने मतलब से रेचन तो अवश्य ही देंगे। अच्छा हाँ, कहो तो बुद्धि के अजीर्ण में तो रेचन ही न गुणकारी होगा ? सुनो जी, मिथ्या आहार से पेट का अजीर्ण होता है और मिथ्या विहार से बुद्धि का। किन्तु महर्षि अग्निवेश ने कहा है कि इसमें रेचन ही गुणकारी होता है। **(हँसता है)**

जीवक – तुम दूसरे की तो कुछ सुनोगे नहीं ?

वसन्तक – सुना है कि धन्वन्तरि के पास एक ऐसी पुड़िया थी कि बुढ़िया युवती हो जाय और दरिद्रता की केंचुल छोड़कर मणिमयी बन जाय ! क्या तुम्हारे पास भी–उहूँ–नहीं है ? तुम क्या जानो।

जीवक – तुम्हारा तात्पर्य क्या है ? हम कुछ न समझ सके।

वसन्तक – केवल खलबट्टा चलाते रहे और मूर्खता का पुट-पाक करते रहे। महाराज ने एक नई दरिद्र कन्या से ब्याह कर लिया है, मिथ्या विहार करते-करते उन्हें बुद्धि का अजीर्ण हो गया है। महादेवी वासवदत्ता और पद्मावती जीर्ण हो गई हैं, तब कैसे मेल हो? क्या तुम उन्हें अपनी औषध से उस विवाह करने के समय की अवस्था का नहीं बना सकते, जिसमें महाराज इस अजीर्ण से बच जायँ ?

जीवक – तुम्हारे ऐसे चाटुकार और भी चाट लगा देंगे, दो-चार और जुटा देंगे।

वसन्तक – उसमें तो गुरुजनों का ही अनुकरण है। श्वसुर ने दो ब्याह किये, तो दामाद ने तीन। कुछ उन्नति ही रही।

जीवक – दोनों अपने कर्म के फल भोग रहे हैं। कहो, कोई यथार्थ बात भी कहने-सुनने की है या यही हँसोड़पन?

वसन्तक – घबराइये मत। बड़ी रानी वासवदत्ता पद्मावती को सहोदरा भगिनी की तरह प्यार करती हैं। उनका कोई अनिष्ट नहीं होने पावेगा। उन्होंने ही मुझे भेजा है और प्रार्थना की है कि – ''आर्यपुत्र की अवस्था आप देख रहे हैं, उनके व्यवहार पर ध्यान न दीजियेगा। पद्मावती मेरी सहोदरा है, उसकी ओर से आप निश्चिन्त रहें।'' कोशल से समाचार भेजियेगा। नमस्कार।

(हँसता हुआ जाता है)

जीवक – अच्छा, अब मैं भी कौशल जाऊँ।

(जाता है)

सातवाँ दृश्य

स्थान–कोशल में श्रावस्ती की राजसभा

(प्रसेनजित् सिंहासन पर और अमात्य, अनुचरगण यथास्थान बैठे हैं)

प्रसेनजित् – क्या यह सब सच है ? सुदत्त, तुमने आज मुझे एक बड़ी आश्चर्यजनक बात सुनाई। क्या सचमुच अजातशत्रु ने अपने पिता को सिंहासन से उतारकर उनका तिरस्कार किया है ?

सुदत्त – पृथ्वीनाथ ! यह उतना ही सत्य है जितना श्रीमान् का इस समय सिंहासन पर बैठना। मगध-नरेश से एक षड्यन्त्र द्वारा सिंहासन छीन लिया गया है।

विरुद्धक – मैंने तो सुना है कि महाराज बिम्बसार ने वानप्रस्थ आश्रम स्वीकार किया है और उस अवस्था में युवराज का राज्य सँभालना अच्छा ही है।

प्रसेनजित् – विरुद्धक ! क्या अजात की ऐसी परिपक्व अवस्था है कि मगध-नरेश उसे साम्राज्य का बोझ उठाने की आज्ञा दें ?

विरुद्धक – पिताजी ! यदि क्षमा हो तो यह कहने में संकोच न करूँगा कि युवराज को राज्यसंचालन की शिक्षा देना महाराज का ही कर्तव्य है।

प्रसेनजित् – **(उत्तेजित होकर)** – और अब तुम दूसरे शब्दों में उसी शिक्षा के पाने का उद्योग कर रहे हो ! क्या राज्याधिकार ऐसी प्रलोभन की वस्तु है कि कर्तव्य और पितृ-भक्ति एक बार ही भुला दी जाय ?

विरुद्धक – पुत्र यदि पिता से अपना अधिकार माँगे तो उसमें दोष ही क्या है?

प्रसेनजित् – **(और भी उत्तेजित होकर)**–तब तू अवश्य ही नीच रक्त का मिश्रण है। उस दिन, जब तेरी ननिहाल में तेरे अपमानित होने की बात मैंने सुनी थी, मुझे विश्वास नहीं हुआ, अब मुझे विश्वास हो गया कि शाक्यों के कथनानुसार तेरी माता अवश्य ही दासीपुत्री है। नहीं तो, तू इस पवित्र कोशल की विश्वविश्रुत गाथा पर पानी फेरकर अपने पिता के साथ उत्तर–प्रत्युत्तर न करता। क्या इसी कोशल में रामचन्द्र और दशरथ के सदृश पुत्र और पिता अपना उदाहरण नहीं छोड़ गये हैं?

सुदत्त – दयानिधे ! बालक का अपराध मार्जनीय है।

विरुद्धक – चुप रहो सुदत्त ! पिता कहे और पुत्र उसे सुने। तुम चाटुकारिता करके मुझे अपमानित न करो।

प्रसेनजित् – अपमान ! पिता से पुत्र का अपमान !! क्या यह विद्रोही युवक-हृदय, जो नीच रक्त से कलुषित है, युवराज होने के योग्य है ? क्या भेड़िये की तरह भयानक ऐसी दुराचारी सन्तान अपने माता-पिता का ही बध न करेगी अमात्य !

अमात्य – आज्ञा पृथ्वीनाथ !

प्रसेनजित् – **(स्वगत)** – अभी से इसका गर्व तोड़ देना चाहिये–! **(प्रकट)** – आज से यह निर्भीक– किन्तु अशिष्ट– बालक अपने युवराज-पद से वंचित किया गया। और, इसकी माता का राजमहिषी का सा सम्मान नहीं होगा– केवल जीविका निर्वाह के लिये उसे राजकोष से व्यय मिला करेगा।

विरुद्धक – पिताजी ! मैं न्याय चाहता हूँ।

प्रसेनजित् – अबोध, तू पिता से न्याय चाहता है ! यदि पक्ष निर्बल है और पुत्र अपराधी है, तो किस पिता ने पुत्र के लिये न्याय किया है ? परन्तु मैं यहाँ पिता नहीं, राजा हूँ। तेरा बड़प्पन और महत्वाकांक्षा से पूर्ण हृदय अच्छी तरह कुचल दिया जायगा – बस, चला जा।

(विरुद्धक सिर झुकाकर जाता है)

अमात्य – यदि अपराध क्षमा हो तो कुछ प्रार्थना करूँ। यह न्याय नहीं है। कोशल के राजदंड ने कभी ऐसी व्यवस्था नहीं दी। किसी दूसरे के पुत्र का कलंकित कर्म सुनकर श्रीमान् उत्तेजित हो अपने पुत्र को दंड दें, यह तो श्रीमान् की प्रत्यक्ष निर्बलता है। क्या श्रीमान् उसे उचित शासक नहीं बनाना चाहते?

प्रसेनजित – चुप रहो मंत्री, जो कहता हूँ वह करो।

(दौवारिक आता है)

दौवारिक – महाराज की जय हो ! मगध से जीवक आये हैं।

प्रसेनजित् – जाओ, लिवा लाओ।

(दौवारिक जाता है और जीवक को लिवा लाता है)

जीवक – जय हो कोशल-नरेश की !

प्रसेनजित् – कुशल तो है जीवक? तुम्हारे महाराज की तो सब बातें हम सुन चुके हैं, उन्हें दुहराने की कोई आवश्यकता नहीं। हाँ, कोई नया समाचार हो तो कहो।

जीवक – दयालु देव, कोई नया समाचार नहीं है। अपमान की यंत्रणा ही महादेवी वासवी को दुखित कर रही है, और कुछ नहीं।

प्रसेनजित् – तुम लोगों ने तो राजकुमार को अच्छी शिक्षा दी। अस्तु, देवी

वासवी को अपमान भोगने की आवश्यकता नहीं। उन्हें अपनी सपत्नी-पुत्र के भिक्षान्न पर जीवन-निर्वाह नहीं करना होगा। मंत्री ! काशी की प्रजा के नाम एक पत्र लिखो कि वह अजात को राज-कर न देकर वासवी को अपना कर प्रदान करे, क्योंकि काशी का प्रान्त वासवी को मिला है, सपत्नी-पुत्र का उस पर कोई अधिकार नहीं है।

जीवक – महाराज ! देवी वासवी ने कुशल पूछा है और कहा है कि इस अवस्था में मैं आर्यपुत्र को छोड़कर नहीं आ सकती, इसलिए भाई कुछ अन्यथा न समझें।

प्रसेनजित् – जीवक, यह तुम क्या कहते हो ! कोशल-कुमारी दशरथनन्दिनी शान्ता का उदाहरण उसके सामने है, दरिद्र ऋषि के साथ जो दिव्य जीवन व्यतीत कर सकती थी। क्या वासवी किसी दूसरे कोशल की राजकुमारी है ? कुल-शील-पालन ही तो आर्यललनाओं का परमोज्ज्वल आभूषण है। स्त्रियों का वही मुख्य धन है। अच्छा, जाओ विश्राम करो।

(जीवक का प्रस्थान)

(सेनापति बन्धुल का प्रवेश)

बन्धुल – प्रबलप्रताप कोशलनरेश की जय हो !

प्रसेनजित् – स्वागत सेनापते। तुम्हारे मुख से जय शब्द कितना सुहावना सुनाई पड़ता है ! कहो, क्या समाचार है ?

बन्धुल – सम्राट, कोशल की विजयिनी पताका वीरों के रक्त में अपने अरुणोदय का तीव्र तेज दौड़ाती है और शत्रुओं को उसी रक्त में नहाने की सूचना देती है ! राजाधिराज ! हिमालय का सीमाप्रान्त बर्बर लिच्छिवियों के रक्त से और भी ठंडा कर दिया गया है। कोशल के प्रचंड नाम से ही शान्ति स्वयं पहरा दे रही है ! यह सब श्रीचरणों का प्रताप है। अब विद्रोह का नाम भी नहीं है। विदेशी बर्बर शताब्दियों तक उधर देखने का भी साहस न करेंगे।

प्रसेनजित् – धन्य हो विजयी वीर ! कोशल तुम्हारे ऊपर गर्व करता है और आशीर्वादपूर्ण अभिनन्दन करता है। लो यह विजय का स्मरण-चिन्ह ! –

(हार पहिनाता है)

सब – जय, सेनापति बन्धुल की जय !

प्रसेनजित् – **(चौंकते हुये)**– हैं ! जाओ विश्राम करो।

(बन्धुल जाता है)

[पट-परिवर्तन]

आठवाँ दृश्य

स्थान-प्रकोष्ठ

(कुमार विरुद्धक एकाकी)

विरुद्धक – (आप-ही-आप) – घोर अपमान ! अनादर की पराकाष्ठा और तिरस्कार का भैरवनाद !! यह असहनीय है। धिक्कारपूर्ण कोशल-देश की सीमा कभी भी मेरी आँखों से दूर हो जाती, किन्तु, मेरे जीवन का विकास-सूत्र एक बड़े कोमल कुसुम के साथ बँध गया है। हृदय नीरव अभिलाषाओं का नीड़ हो रहा है। जीवन के प्रभात का वह मनोहर स्वप्न, विश्व-भर की मदिरा बन कर मेरे उन्माद की सहकारिणी कोमल कल्पनाओं का भंडार हो गया। मल्लिका ! तुम्हें मैंने अपने यौवन के पहले ग्रीष्म की अर्द्धरात्रि में आलोक पूर्ण नक्षत्रलोक से कोमल हीरक-कुसुम के रूप में आते देखा। विश्व के असंख्य कोमल कंठ की रसीली तानें पुकार बनकर तुम्हारा अभिनन्दन करने, तुम्हें सम्हालकर उतारने के लिये, नक्षत्रलोक को गई थीं। शिशिर-कणों से सिक्त पवन तुम्हारे उतरने की सीढ़ी बना था, उषा ने स्वागत किया, चाटुकार मलयानिल परिमल की इच्छा से परिचारक बन गया, और बरजोरी मल्लिका के एक कोमल वृन्त का आसन देकर तुम्हारी सेवा करने लगा। उसने खेलते-खेलते तुम्हें उस आसन से भी उठाया और गिराया। तुम्हारे धरणी पर आते ही जटिल जगत् की कुटिल गृहस्थी के आलबाल में आश्चर्यपूर्ण सौन्दर्यमयी रमणी के रूप में तुम्हें सबने देखा। यह कैसा इन्द्रजाल था – प्रभात का वह मनोहर स्वप्न था – सेनापति बन्धुल एक हृदय हीन क्रूर सैनिक ने तुम्हें अपने उष्णीष का फूल बनाया। और, हम तुम्हें अपने घेरे में रखने के लिये कँटीली झाड़ी बनकर पड़े ही रहे ! कोशल के आज भी हम कटंक स्वरूप हैं.....!

(कोशल की रानी का प्रवेश)

रानी –छिः राजकुमार ! इसी दुर्बल हृदय से तुम संसार में कुछ कर सकोगे! स्त्रियों की-सी रोदनशीला प्रकृति लेकर तुम कोशल के सम्राट बनोगे !

विरुद्धक –-माँ, क्या कहती हो !-हम आज एक तिरस्कृत युवक मात्र हैं कहाँ का कोशल और कौन राजकुमार !

रानी – देखो, तुम मेरी सन्तान होकर मेरे सामने ऐसी पोच बातें न कहो। दासी की पत्री होकर भी मैं राजरानी बनी और हठ से मैंने इस पद को ग्रहण किया और तम राजा के पत्र हो कर इतने निस्तेज और डरपोक होगे, यह कभी

मैंने स्वप्न में भी न सोचा था। बालक ! मानव अपनी इच्छा-शक्ति से और **पौरुष से ही कुछ होता है।** जन्मसिद्ध तो कोई भी अधिकार दूसरों के समर्थन का **सहारा चाहता है। विश्व भर में** छोटे से बड़ा होना, यही प्रत्यक्ष नियम है। तुम **इसकी क्यों अवहेलना करते हो ?** महत्वाकांक्षा के प्रदीप्त अग्निकुण्ड में कूदने **को प्रस्तुत हो जाओ,** विरोधी शक्तियों का दमन करने के लिये कालस्वरूप बनो, साहस के साथ उनका सामना करो, फिर या तो तुम गिरोगे या वे ही भाग जायँगी। मल्लिका तो क्या, राजलक्ष्मी तुम्हारे पैरों पर लोटेगी। पुरुषार्थ करो ! इस पृथ्वी पर जियो तो कुछ होकर जियो, नहीं तो मेरे दूध का अपमान कराने का तुम्हें अधिकार नहीं।

विरुद्धक – बस माँ ! अब कुछ न कहो। आज से प्रतिशोध लेना मेरा कर्तव्य और जीवन का लक्ष्य होगा। माँ ! मैं प्रतिज्ञा करता हूँ कि तेरे अपमान के मूल कारण इन शाक्यों का ऐक बार अवश्य संहार करूँगा और उनके रक्त मे नहाकर, इस कोशल के सिंहासन पर बैठकर, तेरी वन्दना करूँगा। आशीर्वाद दो कि इस क्रूर परीक्षा में उत्तीर्ण होऊँ !

रानी – (सिर पर हाथ फेरकर) – मेरे बच्चे, ऐसा ही हो।

(दोनों जाते हैं)

नवाँ दृश्य

पद्मावती का प्रकोष्ठ

(पद्मावती वीणा बजाना चाहती है, कई बार प्रयास करने पर भी नहीं सफल होती।)

"जब भीतर की तंत्री बेकल है तब यह कैसे बजे ! मेरे स्वामी ! मेरे नाथ ! यह कैसा भाव है प्रभु !"

(फिर वीणा उठाती है और रख देती है ; गाने लगती है) –

मीड़ मत खिँचे बीन के तार !
निर्दय उँगली ! अरी ठहर जा,
पल-भर अनुकम्पा से भर जा,
यह मूर्छित मूर्छना आह-सी
निकलेगी निस्सार

छेड़-छेड़कर मूक तन्त्र को,
विचलित कर मधु मौन मन्त्र को
बिखरा दे मत, शून्य पवन में
लय हो स्वर-संसार।
मसल उठेगी सकरुण वीणा,
किसी हृदय को होगी पीड़ा,
नृत्य करेगी नग्न विकलता
परदे के इस पार।

पद्मावती – (आप-ही-आप) – यह सौभाग्य ही है कि भगवान् गौतम आ गये हैं, अन्यथा पिता की दुरावस्था सोचते-सोचते तो मेरी बुरी अवस्था हो गयी थी। महाश्रमण की अमोघ सान्त्वना मुझे धैर्य देती है ; किन्तु मैं यह क्या सुन रही हूँ – स्वामी मुझसे असन्तुष्ट हैं। भला यह वेदना मुझसे कैसे सही जायगी! कई बार दासी गई ; किन्तु वहाँ तो तेवर ही ऐसे हैं कि किसी को अनुनय-विनय करने का साहस ही नहीं होता। फिर भी कोई चिन्ता नहीं, राजभक्त प्रजा को विद्रोही होने का भय ही क्यों हो?

हमारा प्रेमनिधि सुन्दर सरल है।
अमृतमय है, नहीं इनमें गरल है।।

(नेपथ्य से-'भगवान बुद्ध की जय हो'!)

पद्मावती – अहा ! संघ-सहित करुणानिधान जा रहे हैं, दर्शन तो करूँ।

(खिड़की से देखती है)

(उदयन का प्रवेश)

उदयन – (क्रोध से) – पापीयसी, देख ले, यह तेरे हृदय का विष – तेरी वासना का निष्कर्ष जा रहा है। इसीलिये न यह नया झरोखा बना है!

पद्मावती – (चौंककर खड़ी हो जाती है ; हाथ जोड़कर) – प्रभु ! स्वामी! क्षमा हो ! यह मूर्ति मेरी वासना का विष नहीं है, किन्तु अमृत है। नाथ ! जिसके रूपपर आपकी भी असीम भक्ति है, उसी रमणी-रत्न मागन्धी का भी जिन्होंने तिरस्कार किया था – शान्ति के सहचर, करुणा के स्वामी – उन बुद्ध को, मांसपिंडों की कभी आवश्यकता नहीं।

उदयन – किन्तु मेरे प्राणों की है। क्यों, इसीलिये न वीणा में साँप का बच्चा छिपाकर भेजा था ? तू मगध की राजकुमारी है, प्रभुत्व का विष जो तेरे रक्त में घुसा है वह कितनी ही हत्याएँ कर सकता है। दुराचारिणी ! तेरी छलना का दाँव मुझ पर नहीं चला–अब तेरा अन्त है, सावधान !

(तलवार निकालता है)

पद्मावती – मैं कौशाम्बी-नरेश की राजभक्त प्रजा हूँ। स्वामी, किसी छलना का आपके मन पर अधिकार हो गया है। वह कलंक मेरे सिर पर ही सही, विचारक-दृष्टि में यदि मैं अपराधिनी हूँ तो दंड भी मुझे स्वीकार है, और दंड, वह शान्तिदायक दंड, यदि स्वामी के करकमलों से मिले तो मेरा सौभाग्य है। प्रभु ! पाप का दंड ग्रहण कर लेने से वही पुण्य हो जाता है।

(सिर झुकाकर घुटने टेकती है)

उदयन – पापीयसी ! तेरी वाणी का घुमाव-फिराव मुझे अपनी ओर नहीं आकर्षित करेगा। दुष्टे ! इस हलाहल से भरे हुए हृदय को निकालना ही होगा। प्रार्थना कर ले।

पद्मावती – मेरे नाथ ! इस जन्म के सर्वस्व ! और पर-जन्म के स्वर्ग ! तुम्हीं मेरी गति हो और तुम्हीं मेरे ध्येय हो ; जब तुम्हीं समक्ष हो तो प्रार्थना किसकी करूँ ? मैं प्रस्तुत हूँ।

उदयन – अच्छा।

(तलवार उठाता है, इसी समय वासवदत्ता प्रवेश करती है)

वासवदत्ता – ठहरिये ! मागन्धी की दासी नवीना आ रही है, जिसने सब अपराध स्वीकार किया है। आपको मेरे इस राजमन्दिर की सीमा के भीतर, इस तरह, हत्या करने का अधिकार नहीं है। मैं इसका विचार करूँगी और प्रमाणित कर दूँगी कि अपराधी कोई दूसरा है। वाह ! इसी बुद्धि पर आप राज्य-शासन कर रहे हैं ! कौन है जी ? बुलाओ मागन्धी और नवीना को।

दासी – महादेवी की जो आज्ञा।

(जाती है)

उदयन – देवी ! मेरा तो हाथ ही नहीं उठता–हैं, यह क्या माया है।

वासवदत्ता – आर्यपुत्र ! यह सती का तेज है, सत्य का शासन है ; हृदयहीन मद्यप का प्रलाप नहीं। देवी पद्मावती ! तू पति के अपराधों को क्षमा कर।

पद्मावती – (उठकर) –भगवन्, यह क्या ! मेरे स्वामी ! मेरा अपराध क्षमा हो–नसें चढ़ गई होंगी।

(हाथ सीधा करती है)

दासी – (प्रवेश करके)–महाराज, भागिये ! महादेवी, हटिये ! वह देखिये, आग की लपट इधर ही चली आ रही है ! नई महारानी के महल में आग लग गई है और उनका पता नहीं है ! नवीना मरती हुई कह रही थी कि मागन्धी स्वयं मरी और मुझे भी उसने मार डाला ; वह महाराज का सामना नहीं करना चाहती थी।

उदयन – क्या ? षड्यंत्र ! अरे मैं क्या पागल हो गया था ! देवी, अपराध

क्षमा हो- **(पद्मावती के सामने घुटने टेक देता है)**

पद्मावती – उठिये, उठिये महाराज ! दासी को लज्जित न कीजिये।

वासवदत्ता – यह प्रणय-लीला दूसरी जगह होगी – चलो हटो, यह देखो लपट फैल रही है।

(वासवदत्ता दोनों का हाथ पकड़कर खींचकर खड़ी हो जाती है। पर्दा हटता है-मागन्धी के महल में आग लगी हुई दिखाई पड़ती है)

[यवनिका]

दूसरा अंक

पहला दृश्य

स्थान-मगध

(अजातशत्रु की राजसभा)

अजातशत्रु – यह क्या सच है समुद्र ! मैं यह क्या सुन रहा हूँ ! प्रजा भी ऐसा कहने का साहस कर सकती है ? चींटी भी पंख लगाकर बाज के साथ उड़ना चाहती है ! 'राजकर मैं न दूँगा' – यह बात जिस जिह्वा से निकली, बात के साथ ही वह भी क्यों न निकाल ली गई ? काशी का दंडनायक कौन मूर्ख है ? तुमने उसी समय उसे बन्दी क्यों नहीं किया ?

समुद्रदत्त – देव ! मेरा कोई अपराध नहीं। काशी में बड़ा उपद्रव मचा था। शैलेंद्र नामक विकट डाकू के आतंक से लोग पीड़ित थे। दंडनायक ने मुझसे कहा कि काशी के नागरिक कहते हैं कि हम कोशल की प्रजा हैं, और....।

अजातशत्रु – कहो-कहो रुकते क्यों हो ?

समुद्रदत्त – और हम लोग उस अत्याचारी राजा को कर न देंगे जो अधर्म के बल से पिता के जीते ही सिंहासन छीनकर बैठ गया है। और, जो पीड़ित प्रजा की रक्षा भी नहीं कर सकता–उनके दुःखों को नहीं सुनता, तथा....।

अजातशत्रु – हाँ, हाँ, कहो संकोच न करो।

समुद्रदत्त – सम्राट ! इसी तरह की बहुत-सी बातें वे कहते हैं, उहें सुनने से कोई लाभ नहीं। अब, जो आज्ञा दीजिये वह किया जाय।

अजातशत्रु – ओह ! अब समझ में आया। यह काशी की प्रजा का कंठ नहीं, इसमें हमारी विमाता का व्यंग्यस्वर है। इसका प्रतिकार आवश्यक है। इस प्रकार अजातशत्रु को कोईअपदस्थ नहीं कर सकता।

(कुछ सोचता है)

दौवारिक – (प्रवेश करके) – जय हो देव, आर्य देवदत्त आ रहे हैं।

(देवदत्त का प्रवेश)

देवदत्त – सम्राट, कल्याण हो, धर्म की वृद्धि हो, शासन सुखद हो !

अजातशत्रु – नमस्कार भगवन् ! आपकी कृपा से सब कुछ होगा और यह उसका प्रत्यक्ष प्रमाण है कि आवश्यकता के समय आप पुकारे हुए देवता की तरह आ जाते हैं।

देवदत्त – (बैठता हुआ) आवश्यकता कैसी ? राजन् ! आपको कमी क्या है, और हम लोगों के पास आशीर्वाद के अतिरिक्त और धरा ही क्या है ? फिर भी सुनूँ –।

अजातशत्रु – कोशल के दाँत जम रहे हैं। वह काशी की प्रजा में विद्रोह कराना चाहता है। वहाँ के लोग राजस्व देना अस्वीकार करते हैं।

देवदत्त – पांखडी गौतम आज-कल उसी ओर घूम रहा है, इसीलिये। कोई चिन्ता नहीं गौतम की कोई चाल नहीं लगेगी। यदि मुनिव्रत धारण करके भी वह ऐसे साम्राज्य के षड्यन्त्रों में लिप्त है तो मैं भी हठवश उनका प्रतिद्वन्द्वी बनूँगा। परिषद् को आह्वान करो –।

अजातशत्रु – जैसी आज्ञा –**(दौवारिक से)**– जाओ जी, परिषद के सभ्यों को बुला लाओ।

(दौवारिक जाता है, फिर प्रवेश–)

दौवारिक – सम्राट् की जय हो ! कोशल से कोई गुप्त अनुचर आया है और दर्शन की इच्छा प्रकट करता है।

देवदत्त – उसे लिवा लाओ।

(दौवारिक जाकर लिवा लाता है)

दूत – मगध-सम्राट् की जय हो ! कुमार **विरुद्धक** ने यह पत्र श्रीमान् की सेवा में भेजा है।

(पत्र देता है, अजातशत्रु पत्र पढ़कर देवदत्त को दे देता है)

देवदत्त – (पढ़कर) – वाह कैसा सुयोग है ! हम लोग क्यों न सहमत होंगे ! दूत तुम्हें शीघ्र पुरस्कार और पत्र मिलेगा – जाओ, विश्राम करो।

(दूत जाता है)

अजातशत्रु – गुरुदेव, बड़ी अनुकूल घटना है ! मगध जैसा परिवर्तन कर चुका है, वही तो कोशल भी चाहता है। हम नहीं समझते कि बुड्ढों को क्या पड़ी है और इन्हें सिंहासन का कितना लोभ है। क्या यह पुरानी और नियन्त्रण में बँधी हुई, संस्कार के कीचड़ में निमज्जित राजतन्त्र की पद्धति, नवीन उद्योग को असफल कर देगी ? तिल-भर भी जो अपने पुराने विचारों से हटना नहीं चाहता, उसे अवश्य नष्ट हो जाना चाहिये, क्योंकि यह जगत् ही गतिशील है।

देवदत्त – अधिकार–चाहे वे कैसे भी जर्जर और हल्की नींव के हों, अथवा अन्याय ही से क्यों न संगठित हों, सहज में नहीं छोड़े जा सकते। भद्रजन उन्हें विचार से काम में लाते हैं और हठी तथा दुराग्रही उनमें तब तक परिवर्तन भी नहीं करना चाहते, जब तक वे एक बार ही न हटा दिये जायँ।

दौवारिक – **(प्रवेश करके)** – जय हो देव ! महामान्य परिषद् के सभ्यगण आये हैं ।

(दौवारिक जाकर लिवा लाता है)

परिषद्गण – सम्राट् की जय हो ! महात्मा को अभिवादन करता हूँ ।

देवदत्त – राष्ट्र का कल्याण हो ! राजा और परिषद् की श्रीवृद्धि हो ! –**(सब बैठते हैं)**

परिषदगण – क्या आज्ञा है ।

अजातशत्रु – आप लोग राष्ट्र के शुभचिन्तक हैं । जब पिताजी ने यह प्रकांड बोझ मेरे सिर पर रख दिया और मैंने इसे ग्रहण किया, तब इसे भी मैंने किशोर-जीवन का एक कौतुक ही समझा था । किन्तु बात वैसी नहीं थी । मान्य महोदयो, राष्ट्र में एक ऐसी गुप्त शक्ति का कार्य खुले हाथों चल रहा है जो इस शक्तिशाली मगध-राष्ट्र को उन्नत नहीं देखा चाहता । और, मैंने केवल इस बोझ को आप लोगों की शुभेच्छा का सहारा पाकर लिया था ; आप लोग बताइये कि उस शक्ति का दमन आप लोगों को अभीष्ट है कि नहीं ? या अपने राष्ट्र और सम्राट को आप लोग अपमानित करना चाहते हैं ?

परिषद्गण – कभी नहीं । मगध का राष्ट्र सदैव गर्व से उन्नत रहेगा और विरोधी शक्ति पददलित होगी ।

देवदत्त – कुछ मैं भी कहना चाहता हूँ । इस समय जब कोशल का राष्ट्र अपने यौवन में पैर रख रहा है तब विद्रोह की आवश्यकता नहीं, राष्ट्र के प्रत्येक नागरिक को उसकी उन्नति सोचनी चाहिये । राजकुल के कौटुम्बिक झगड़ों से और राष्ट्र से कोई ऐसा सम्बन्ध नहीं कि उनके पक्षपाती होकर हम अपने देश की और जाति की दुर्दशा करावें । सम्राट् की विमाता बार-बार विप्लव की सूचना दे रही हैं । यद्यपि महामान्य सम्राट् बिम्बसार ने अपने सब अधिकार अपनी सुयोग्य सन्तान को दे दिये हैं, फिर भी ऐसी दुश्चेष्टा क्यों की जा रही है । काशी जो कि बहुत दिनों से मगध का एक सम्पन्न प्रान्त हो रहा है, वासवी देवी के षड्यंत्र से राजस्व देना अस्वीकार करता है । वह कहता है कि मैं कोशल का दिया हुआ वासवी देवी का रक्षित धन हूँ । क्या ऐसे सुरम्य और धनी प्रदेश को मगध छोड़ देने के लिए प्रस्तुत है ? क्या फिर इसी तरह और प्रदेश भी स्वतंत्र होने की चेष्टा न करेंगे ? क्या इसी में राष्ट्र का कल्याण है ?

सब – कभी नहीं, कभी नहीं । ऐसा कदापि न होने पावेगा ।

अजातशत्रु – तब आप लोग मेरा साथ देने के लिए पूर्ण रूप से प्रस्तुत हैं ? देश को अपमान से बचाना चाहते हैं ?

सब – अवश्य ! राष्ट्र के कल्याण के लिये प्राण तक विसर्जन किया जा

सकता है, और हम सब ऐसी प्रतिज्ञा करते हैं।

देवदत्त – तथास्तु ! क्या इसके लिये कोई नीति आप लोग निर्धारित करेंगे ?

एक सभ्य – मेरी विनीत सम्मति है कि आप ही इस परिषद् के प्रधान बनें और नवीन सम्राट् को अपनी स्वतंत्र सम्मति देकर राष्ट्र का कल्याण करें, क्योंकि आप-सदृश महात्मा सर्वलोक के हित की कामना रखते हैं। राष्ट्र का उद्धार करना भी भारी परोपकार है।

अजातशत्रु – यह मुझे भी स्वीकार है।

देवदत्त – मेरी सम्मति है कि साम्राज्य का सैनिक अधिकार स्वयं लेकर सेनापति के रूप से कोशल के साथ युद्ध और उसका दमन करने के लिये अजातशत्रु को अग्रसर होना चाहिए। समुद्रदत्त गुप्त-प्रणिधि बनकर काशी जावें और प्रजा को मगध के अनुकूल बनावें, तथा शासन-भार परिषद् अपने सिर पर ले।

दूसरा सभ्य – यदि सम्राट् बिम्बसार इससे अपमान समझें ?

देवदत्त – जिसने राज्य अपने हाथ से छोड़कर स्त्री की वश्यता स्वीकार कर ली, उसे इसका ध्यान भी नहीं हो सकता। फिर भी उनके समस्त व्यवहार वासवी देवी की अनुमति से होंगे –(सोचकर)–और भी एक बात है, मैं भूल गया था, वह यह कि इस कार्य को उत्तम रूप से चलाने के लिये महादेवी छलना परिषद की देखरेख किया करें।

समुद्रदत्त – यदि आज्ञा हो तो मैं भी कुछ कहूँ।

परिषद् – हाँ, हाँ अवश्य।

समुद्रदत्त – यह एक भी सफल नहीं होगा, जब तक वासवी देवी के हाथ-पैर चलते रहेंगे। यदि आप लोग राष्ट्र का निश्चित कल्याण चाहते हैं तो पहले इसका प्रबन्ध करें।

देवदत्त – तुम्हारा तात्पर्य क्या है ?

समुद्रदत्त – यही कि वासवी देवी को महाराज बिम्बसार से अलग तो किया नहीं जा सकता-फिर भी आवश्यकता से बाध्य होकर उस उपवन की रक्षा पूर्णरूप से होनी चाहिये।

तीसरा सभ्य – क्या महाराज बन्दी बनाए जायँगे ? मैं ऐसी मन्त्रणा का विरोध करता हूँ। यह अनर्थ है ! अन्याय है !

देवदत्त – ठहरिये ! अपनी प्रतिज्ञा को स्मरण कीजिये और विषय के गौरव को मत भुला दीजिये। समुद्रदत्त सम्राट् बिम्बसार को बन्दी नहीं बनाना चाहता किन्तु नियंत्रण चाहता है, सो भी किस पर, केवल वासवी देवी पर, जो कि

मगध की गुप्त शत्रु हैं। इसका और कोई दूसरा सरल उपाय नहीं। यह किसी पर प्रकट करके सम्राट् का निरादर न किया जाय। किन्तु युद्धकाल की राज्यमर्यादा कहकर अपना काम निकाला जाय ; क्योंकि ऐसे समय में राजकुल की विशेष रक्षा होनी चाहिये।

तीसरा सभ्य – तब मेरा कोई विरोध नहीं।

अजातशत्रु – फिर, आप लोग आज की इस मन्त्रणा से सहमत हैं?

सब – हम सबको स्वीकार है।

अजातशत्रु – तथास्तु।

(सब जाते हैं)

(पट-परिवर्तन)

दूसरा दृश्य

स्थान-पथ

(मार्ग में बन्धुल)

बन्धुल –(स्वगत) – इस अभिमानी राजकुमार से तो मिलने की इच्छा भी नहीं थीं – किन्तु क्या करूँ, उसे अस्वीकार भी नहीं कर सका। कोशलनरेश ने जो मुझे काशी का सामन्त बनाया है वह मुझे अच्छा नहीं लगता, किन्तु राजा की आज्ञा। मुझे तो सरल और सैनिक जीवन ही रुचिकर है। यह सामन्त का आडम्बरपूर्ण पद कपटाचरण की सूचना देता है। महाराज प्रसेनजित् ने कहा कि 'शीघ्र ही मगध काशी पर अधिकार करना चाहेगा, इसलिये तुम्हारा वहाँ जाना आवश्यक है।' यहाँ का दंडनायक तो मुझसे प्रसन्न है। अच्छा, देखा जायगा। – **(टहलता है)** यह समझ में नहीं आता कि एकान्त में कुमार क्यों मुझसे मिलना चाहता है!

(विरुद्धक का प्रवेश)

विरुद्धक – सेनापते! कुशल तो है?

बन्धुल – कुमार की जय हो! क्या आज्ञा है? आप क्यों अकेले हैं?

विरुद्धक – मित्र बन्धुल! मैं तो तिरस्कृत राजसन्तान हूँ। फिर अपमान सहकर, चाहे वह पिता का सिंहासन क्यों न हो, मुझे रुचिकर नहीं।

बन्धुल – राजकुमार! आपको सम्राट् ने निर्वासित तो नहीं किया, फिर आप क्यों इस तरह अकेले घूमते हैं? चलिये – काशी का सिंहासन आपको मैं दिला सकता हूँ।

विरुद्धक - नहीं बन्धुल ! मैं दया से दिया हुआ दान नहीं चाहता। मुझे तो अधिकार चाहिये, स्वत्त्व चाहिये !

बन्धुल – फिर आप क्या करेंगे ?

विरुद्धक – जो कर रहा हूँ।

बन्धुल – वह क्या ?

विरुद्धक – मैं बाहुबल से उपार्जन करूँगा। मृगया करूँगा। क्षत्रिय-कुमार हूँ, चिन्ता क्या है ? स्पष्ट कहता हूँ बन्धुल, मैं साहसिक हो गया हूँ। अब वही मेरी वृत्ति है। राज्य-स्थापन करने के पहिले मगध के भूपाल भी तो यही करते थे !

बन्धुल – सावधान ! राजकुमार ! ऐसी दुराचरण की बात न सोचिए। यदि आप इस पथ से नहीं लौटते तब मेरा भी कुछ कर्तव्य होगा, जो आपके लिए बड़ा कठोर होगा। आतंक का दमन करना प्रत्येक राजपुरूष का कर्म है, यह युवराज को भी मानना ही पड़ेगा।

विरुद्धक – मित्र बन्धुल ! तुम बड़े सरल हो। जब तुम्हारी सीमा के भीतर कोई उपद्रव हो तो मुझे इसी तरह आह्वान कर सकते हो। किन्तु इस समय तो मैं एक दूसरी – तुम्हारे शुभ की – बात कहने आया हूँ। कुछ समझते हो कि तुमको काशी का सामन्त क्यों बनाकर भेजा गया है ?

बन्धुल – यह तो बड़ी सीधी बात है – कोशलनरेश इस राज्य को हस्तगत करना चाहते हैं, मगध भी उत्तेजित है, युद्ध की सम्भावना है, इसलिए मैं यहाँ भेजा गया हूँ। मेरी वीरता पर कोशल को विश्वास है।

विरुद्धक – क्या ही अच्छा होता कि कोशल तुम्हारी बुद्धि पर भी अभिमान कर सकता, किन्तु बात कुछ दूसरी ही है।

बन्धुल – वह क्या ?

विरुद्धक – कोशलनरेश को तुम्हारी वीरता से सन्तोष नहीं, किन्तु आतंक है। राजशक्ति किसी को भी इतना उन्नत नहीं देखना चाहती।

बन्धुल – फिर सामन्त बनाकर मेरा क्यों सम्मान किया गया ?

विरुद्धक – यह एक षड्यन्त्र है – जिसमें तुम्हारा अस्तित्व न रह जाय।

बन्धुल – विद्रोही राजकुमार ! मैं तुम्हें बन्दी बनाता हूँ। सावधान हो !

(पकड़ना चाहता है)

विरुद्धक – अपनी चिन्ता करो ; मैं 'शौलेन्द्र' हूँ !

(विरुद्धक तलवार खींचता हुआ निकल जाता है; फिर बन्धुल भी चकित होकर चला जाता है।)

(श्यामा का प्रवेश)

श्यामा – (स्वगत) – रात्रि चाहे कितनी भयानक हो, किन्तु प्रेममयी रमणी के हृदय से भयानक वह कदापि नहीं हो सकती ! यह देखो, पवन मानों किसी डर से धीरे-धीरे साँस ले रहा है ! किसी आतंक से पक्षिवृन्द अपने घोसलों में जाकर छिप गये हैं ! आकाश में ताराओं का झुंड नीरव-सा है, जैसे कोई भयानक बात देखकर भी वे बोल नहीं सकते, केवल आपस में इंगित कर रहे हैं ! संसार किसी भयानक समस्या में निमग्न-सा प्रतीत होता है ! किन्तु मैं शैलेन्द्र से मिलने आई हूँ – वह डाकू है तो क्या, मेरी भी अतृप्त वासना है। मागन्धी ! चुप, वह नाम क्यों लेती है। मागन्धी कौशाम्बी के महल में आग लगाकर जल मरी – अब तो मैं श्यामा, काशी की प्रसिद्ध वारविलासिनी हूँ। बड़े-बड़े राज-पुरुष और श्रेष्ठी इसी चरण को छूकर अपने को धन्य समझते हैं। धन की कमी नहीं, मान का कुछ ठिकाना नहीं; राजरानी होकर और क्या मिलता था, केवल सापत्न्य ज्वाला की पीड़ा !

(विरुद्धक का प्रवेश)

विरुद्धक -- रमणी ! तुम क्यों इस घोर कानन में आई हो ?

श्यामा – शैलेन्द्र, क्या तुम्हीं को बताना होगा ! मेरे हृदय में जो ज्वाला उठ रही है उसे अब तुम्हारे अतिरिक्त कौन बुझायेगा ? तुम मेरे स्नेह की परीक्षा चाहते थे – बोलो, तुम कैसी परीक्षा चाहते हो ?

विरुद्धक – श्यामा, मैं डाकू हूँ। यदि तुमको इसी क्षण मार डालूँ !

श्यामा – तुम्हारे डाकूपन का ही विश्वास करके आई हूँ। यदि साधारण मनुष्य समझती – जो ऊपर से बहुत सीधा-सादा बनता है – तो मैं कदापि यहाँ आने का साहस न करती। शैलेन्द्र लो यह अपनी नुकीली कटार, इस तड़पते हुए कलेजे में भोंक दो ! **(घुटने के बल बैठ जाती है)**

विरुद्धक – किन्तु श्यामा ! विश्वास करनेवाले के साथ डाकू भी ऐसा नहीं करते, उनका भी एक सिद्धान्त होता है। तुमसे मिलने में इसलिये मैं डरता था कि तुम रमणी हो और वह भी वारविलासिनी; मेरा विश्वास है कि ऐसी रमणियाँ डाकुओं से भी भयानक हैं !

श्यामा – तो क्या अभी तक तुम्हें मेरा विश्वास नहीं ? क्या तुम मनुष्य नहीं हो, आन्तरिक प्रेम की शीतलता ने तुम्हें कभी स्पर्श नहीं किया ? क्या मेरी प्रणय-भिक्षा असफल होगी ? जीवन की कृत्रिमता में दिन-रात प्रेम का बनिज करते करते क्या प्राकृतिक स्नेह का स्रोत एक बार ही सूख जाता है ? क्या वारविलासिनी प्रेम करना नहीं जानती ? क्या कठोर और क्रूर कर्म करते-करते तुम्हारे हृदय में चेतनलोक की गुद-गुदी और कोमल स्पन्दन नाम को भी

अवशिष्ट नहीं है? क्या तुम्हारा हृदय केवल मांसपिंड है? उसमें रक्त का संचार नहीं? नहीं-नहीं, ऐसा नहीं, प्रियतम – **(हाथ पकड़कर गाती है)** –

बहुत छिपाया, उफन पड़ा अब,
सम्हालने का समय नहीं है।
अखिल विश्व में सतेज फैला,
अनल हुआ यह प्रणय नहीं है।।
कहीं तड़प कर गिरे न बिजली,
कहीं न वर्षा हो कालिमा की।
तुम्हें न पाकर शशांक मेरे!
बना शून्य यह हृदय नहीं है।।
तड़प रही है कहीं कोकिला,
कहीं पपीहा पुकारता है।
यही विरुद क्या तुम्हें सुहाता-
कि नील नीरद सदय नहीं है!।।
जली दीपमालिका प्राण की,
हृदय-कुटी स्वच्छ हो गई है।
पलक-पाँवड़े बिछा चुकी हूँ,
न दूसरा और भय नहीं है।।
चपल निकल कर कहाँ चले अब,
इसे कुचल दो मृदुल चरण से,
कि आह निकले दबे हृदय से,
भला कहो यह विजय नहीं है! ।।

(दोनों हाथ-में-हाथ मिलाये हुए जाते हैं)

[पट-परिवर्तन]

तीसरा दृश्य

मल्लिका का उपवन
(मल्लिका और महामाया)

मल्लिका – वीरहृदय युद्ध का नाम ही सुनकर नाच उठता है। शक्तिशाली भुजदंड फड़कने लगते हैं। भला मेरे रोकने से वे रुक सकते थे! कठोर कर्मपथ में अपने स्वामी के पैर का कंटक भी मैं नहीं होना चाहती। वह

मेरे अनुराग, सुहाग की वस्तु हैं। फिर भी उनका कोई स्वतन्त्र अस्तित्व है, जो हमारी शृंगार-मंजूषा में बन्द करके नहीं रखा जा सकता। महान् हृदय को केवल विलास की मदिरा पिलाकर मोह लेना ही कर्तव्य नहीं है।

महामाया – मल्लिका, तेरा कहना ठीक है; किन्तु फिर भी।

मल्लिका – किन्तु परन्तु नहीं। वे तलवार की धार हैं, अग्नि की भयानक ज्वाला हैं, और वीरता के वरेण्य दूत हैं। मुझे विश्वास है कि सम्मुख युद्ध में शक्र भी उनके प्रचंड आघातों को रोकने में असमर्थ है। रानी! एक दिन मैंने कहा कि 'मैं पावा के अमृत-सर का जल पी कर स्वस्थ होना चाहती हूँ, पर वह सरोवर पाँच सौ प्रधान मल्लों से सदैव रक्षित रहता है। दूसरी जाति का कोई भी उसमें जल नहीं पीने पाता।' उसी दिन स्वामी ने कहा कि 'तभी तो तुम्हें वह जल अच्छी तरह पिला सकूँगा।'

महामाया – फिर क्या हुआ?

मल्लिका – रथ पर अकेले मुझे लेकर वहीं चले। उस दिन मेरा परम सौभाग्य था, सारी मल्लजाति की स्त्रियाँ मुझ पर ईर्ष्या करती थीं। जब मैं अकेली रथ पर बैठी थी, मेरे वीर स्वामी ने उन पाँच सौ मल्लों से अकेले युद्ध आरम्भ किया और मुझे आज्ञा दी 'तुम निर्भय होकर जाओ, सरोवर में स्नान करो या जल पी लो।'

महामाया – उस युद्ध में क्या हुआ?

मल्लिका – वैसी बाण-विद्या पांडवों की कहानी में मैंने सुनी थी। देखा, उनके धनुष कटे थे और कमरबन्द के बन्धन से ही वे चल सकते थे। जब वे समीप आकर खड्ग-युद्ध में आह्वान करने लगे तब स्वामी ने कहा – 'पहले अपने शरीर की अवस्था तो देखो, मैं अर्द्धमृतक घायलों पर अस्त्र नहीं चलाता।' फिर उन्होंने ललकार कर कहा – 'वीर मल्लगण, जाओ, अस्त्र-वैद्य से अपनी चिकित्सा कराओ, बीच में जो अपनी कमरबन्द खोलेगा, उसकी मृत्यु निश्चित है।' मल्ल महिलाओं की ईर्ष्या और उस सरोवर का जल स्वेच्छा से पान कर मैं कोशल लौट आई।

महामाया – आश्चर्य, ऐसी बाण-विद्या तो अब नहीं देखने में आती! ऐसी वीरता तो विश्वास करने की बात ही है, फिर भी मल्लिका! राज-शक्ति का प्रलोभन, उसका आदर – अच्छा नहीं है, विष का लड्डू है, गन्धर्वनगर का प्रकाश है। कब क्या परिणाम होगा – निश्चय नहीं है। और इसी वीरता से महाराज को आतंक हो गया है। यद्यपि मैं इस समय निरादृत हूँ, फिर भी मुझसे उनकी बातें छिपी नहीं हैं। मल्लिका! मैं तुम्हें बहुत प्यार करती हूँ, इसलिये कहती हूँ –

मल्लिका – क्या कहा चाहती हो रानी!

महामाया – गुप्त आज्ञापत्र शैलेन्द्र डाकू के नाम जा चुका है, कि यदि तुम

बन्धुल का बध कर सकोगे तो तुम्हारे पिछले सब अपराध क्षमा कर दिये जायँगे और तुम उनके स्थान पर सेनापति बनाये जाओगे।

मल्लिका – किन्तु शैलेन्द्र एक वीर पुरुष है, वह पुरुष है, वह गुप्तहत्या क्यों करेगा ? यदि वह प्रकट रूप से युद्ध करेगा तो मुझे निश्चय है कि कोशल के सेनापति उसे अवश्य बन्दी बनावेंगे।

महामाया – किन्तु मैं जानती हूँ कि वह ऐसा करेगा, क्योंकि प्रलोभन भी बुरी वस्तु है।

मल्लिका – रानी ! बस करो। मैं प्राणनाथ को अपने कर्तव्य से च्युत नहीं करा सकती, और उनसे लौट आने का अनुरोध नहीं कर सकती। सेनापति का राजभक्त कुटुम्ब कभी विद्रोही नहीं होगा और राजा की आज्ञा से वह प्राण दे देना अपना धर्म समझेगा–जब तक कि स्वयं राजा, राष्ट्र का द्रोही न प्रमाणित हो जाय।

महामाया – क्या कहूँ ! मल्लिका, मुझे दया आती है और तुमसे स्नेह भी है ; क्योंकि तुम्हें पुत्रवधू बनाने की बड़ी इच्छा थी। किन्तु घमंडी कोशलनरेश ने उसे अस्वीकार किया। मुझे इसका बड़ा दुःख है। इसीलिये तुम्हें सचेत करने आई थी।

मल्लिका – बस, रानी बस ! मेरे लिये मेरी स्थिति अच्छी है और तुम्हारे लिये तुम्हारी। तुम्हारे दुर्विनीत राजकुमार से न ब्याही जाने में मैं अपना सौभाग्य ही समझती हूँ। दूसरे की क्यों, अपनी ही दशा देखो, कोशल की महिषी बनी थीं, अब –

महामाया – **(क्रोध से)** – मल्लिका, सावधान ! मैं जाती हूँ।

(प्रस्थान)

मल्लिका – गर्वीली स्त्री, तुझे राजपद की बड़ी अभिलाषा थी ; किन्तु मुझे कुछ नहीं, केवल स्त्री-सुलभ सौजन्य और समवेदना तथा कर्तव्य और धैर्य की शिक्षा मिली है। भाग्य जो कुछ दिखावे।

[पट-परिवर्तन]

चौथा दृश्य

स्थान–काशी में श्यामा का गृह

(श्यामा बैठी है)

श्यामा – **(स्वगत)** – शैलेन्द्र ! यह तुमने क्या किया– मेरी प्रणय-लता पर कैसा वज्रपात किया ! अभागे बन्धुल को ही क्या पड़ी थी कि उसने द्वन्द्वयुद्ध का

आह्वान स्वीकार कर लिया ! कोशल का प्रधान सेनापति छल से मारा गया है, और उसी के हाथ से घायल होकर तुम भी बन्दी हुए। प्रिय शैलेन्द्र ! तुम्हें किस तरह बचाऊँ– **(सोचती है)**

(समुद्रदत्त का प्रवेश)

समुद्रदत्त – श्यामा! तुम्हारे रूप की प्रशंसा सुनकर यहाँ चले आने का साहस हुआ है। क्या मैंने कुछ अनुचित किया ?

श्यामा – **(देखती हुई)** – नहीं, श्रीमान् यह तो आपका घर है। श्यामा आतिथ्य-धर्म को भूल नहीं सकती– यह कुटीर आपकी सेवा के लिये सदैव प्रस्तुत है। सम्भवत: आप परदेशी हैं और इस नगर में नवागत व्यक्ति हैं। बैठिये– क्या आज्ञा है ?

समुद्रदत्त – **(बैठता हुआ)**– हाँ सुन्दरी, मैं नवागत व्यक्ति हूँ, किन्तु एक बार और आ चुका हूँ–तभी तुम्हारे रूप की ज्वाला ने मुझे पतंग बनाया था, अब उसमें जलने के लिये आया हूँ। भला इतनी भी कृपा होगी ?

श्यामा – मैं आपसे विनती करती हूँ कि पहले आप ठंढे होइए और कुछ थकावट मिटाइये, फिर बातें होंगी। विजया ! श्रीमान् को विश्राम-गृह में लिवा जा।

(विजया आती है और समुद्रदत्त को लिवा जाती हैं)

(एक दासी का प्रवेश)

दासी – स्वामिनी ! दंडनायक ने कहा है कि श्यामा की आज्ञा ही मेरे लिये सब कुछ है। हजार मोहरों की आवश्यकता नहीं, केवल एक मनुष्य उसके स्थान में चाहिये। क्यों कि सेनापति की हत्या हो गई है, और यह बात भी छिपी नहीं है कि शैलेन्द्र पकड़ा गया है। तब, उसका कोई प्रतिनिधि चाहिये, जो शूली पर रातोंरात चढ़ा दिया जाय। अभी किसी ने उसे पहचाना भी नहीं है।

श्यामा – अच्छा, सुन चुकी। जा, शीघ्र संगीत का सम्भार ठीक कर। एक बड़े सम्भ्रान्त सज्जन आये हैं। शीघ्र जा, देर न कर–

(दासी जाती है)

(स्वगत) – स्वर्ण-पिंजर में भी श्यामा को क्या वह सुख मिलेगा– जो उसे हरी डालों पर कसैले फलों को चखने में मिलता है ? मुक्त नील गगन में अपने छोटे-छोटे पंख फैलाकर जब वह उड़ती है तब जैसी उसकी सुरीली तान होती है, उसके सामने तो सोने के पिंजड़े में उसका गान क्रन्दन ही है। मैं उसी श्यामा की तरह, जो स्वतन्त्र है, राजमहल की परतन्त्रता से बाहर आई हूँ। हँसूँगी और हँसाऊँगी, रोऊँगी और रुलाऊँगी ! फूल की तरह आई हूँ परिमल की तरह चली जाऊँगी। स्वप्न की चन्द्रिका में मलयानिल की सेज पर खेलूँगी। फूलों की धूल

से अंगराग बनाऊँगी, चाहे उसमें कितनी ही कलियाँ क्यों न कुचलनी पड़ें ! चाहे कितनों ही के प्राण जायँ, मुझे कुछ चिन्ता नहीं ! कुम्हला कर, फूलों को कुचल देने में ही मुझे सुख है।

(समुद्रदत्त का प्रवेश)

श्यामा – **(खड़ी होकर)**– कोई कष्ट तो नहीं हुआ ? दासियाँ दुर्विनीत होती हैं, क्षमा कीजियेगा।

समुद्रदत्त – सुन्दरियों की तुम महारानी हो और तुम वास्तव में उसी तरह रहती भी हो ; तब, जैसा गृहस्थ होगा, वैसे आतिथ्य की भी सम्भावना है– बड़ा सुख मिला, हृदय शीतल हो गया !

श्यामा – आप तो मेरी प्रशंसा करके मुझे बार-बार लज्जित करते हैं।

समुद्रदत्त – सुन्दरी ! मैं कह तो नहीं सकता, किन्तु मैं बिना मूल्य का दास हूँ। अनुग्रह करके कोमल कंठ से कुछ सुनाओ।

श्यामा – जैसी आज्ञा।

(बजानेवाले आते हैं)

(गान और नृत्य)

चला है मन्थर गति से पवन रसीला नन्दनकानन का।
नन्दनकानन का, रसीला नन्दनकानन का।।च०।।
फूलों पर आनन्द-भैरवी गाते मधुकर-वृन्द,
बिखर रही है किस यौवन की किरण, खिला अरविन्द,–
ध्यान है किसके आनन का।।
नन्दनकानन का, रसीला नन्दनकानन का।।च०।।
उषा सुनहला मद्य पिलाती, प्रकृति बरसाती फूल,
मतवाले होकर देखो तो विधि निषेध की भूल,
आज कर लो अपने मन का।
नन्दनकानन का, रसीला नन्दनकानन का।।च०।।

समुद्रदत्त – अहा ! श्यामा का-सा कंठ भी है। सुन्दरी, तुम्हारी जैसी प्रशंसा सुनी थी वैसी ही तुम हो ! एक बार इस तीव्र मादक को और पिला दो। पागल हो जाने के लिये इन्द्रियाँ प्रस्तुत हैं।

(श्यामा इंगित करती है, सब जाते हैं)

श्यामा – क्षमा कीजिये, मैं इस समय बड़ी चिन्तित हूँ, इस कारण आपको प्रसन्न न कर सकी। अभी दासी ने आकर एक बात ऐसी कही है कि मेरा चित्त चंचल हो उठा। केवल शिष्टाचार-वश इस समय मैंने आपको गाना सुनाया–

समुद्रदत्त – वह कैसी बात है, क्या मैं भी सुन सकता हूँ ?

श्यामा – (संकोच से)– आप अभी तो विदेश से आ रहे हैं, मुझसे कोई घनिष्ठता भी नहीं, तब कैसे अपना हाल कहूँ !

समुद्रदत्त – सुन्दरी ! यह तुम्हारा संकोच व्यर्थ है ।

श्यामा – मेरा एक सम्बन्धी किसी अपराध में बन्दी हुआ है, दंडनायक ने कहा कि यदि रात भर में मेरे पास हजार मोहरें पहुँच जायँ तो मैं इसे छोड़ दूँगा, नहीं तो नहीं ।

(रोती है)

समुद्रदत्त – तो इसमें कौन-सी चिन्ता की बात है ! मैं देता हूँ ; इन्हें भेज दो ।–**(स्वगत)–मैं भी** तो षड्यन्त्र करने आया हूँ–इसी तरह दो-चार अन्तरंग मित्र बना लूँगा, जिसमें समय पर काम आवें। दंडनायक से भी समझ लूँगा–कोई चिन्ता नहीं ।

श्यामा – (मोहरों की थैली देकर)– तो दासी पर दया करके इसे दे आइये, क्योंकि मैं किस पर विश्वास करके इतना धन भेज दूँ ! और यदि आपको पहचाने जाने की शंका हो तो मैं आपका अभी वेश बदल दे सकती हूँ ।

समुद्रदत्त – अजी मोहरें तो मेरे पास हैं, इनकी क्या आवश्यकता है ?

श्यामा – आपकी कृपा है, वह भी मेरी ही हैं, किन्तु इन्हें ही ले जाइये ; नहीं तो आप इसे भी वारवनिताओं की एक चाल समझियेगा ।

समुद्रदत्त – भला यह कैसी बात–सुन्दरी श्यामा, तुम मेरी हँसी उड़ाती हो। तुम्हारे लिये यह प्राण प्रस्तुत है । बात इतनी ही है कि वह मुझे पहचानता है ।

श्यामा – नहीं, यह तो मेरी पहली बात आपको माननी ही होगी । इतना बोझ मुझ पर न दीजिये कि मैत्री में चतुरता की गंध आने लगे और हम लोगों को एक दूसरे पर शंका करने का अवकाश मिले । मैं आपका वेश बदल देती हूँ ।

समुद्रदत्त – अच्छा प्रिये ! ऐसा ही होगा । मेरा वेश-परिवर्तन करा दो ।

(श्यामा वेश बदलती है और समुद्रदत्त मोहरों की थैली लेकर अकड़ता हुआ जाता है)

श्यामा – जाओ बलि के बकरे, जाओ ! फिर न आना । मेरा शैलेन्द्र, मेरा प्यारा शैलेन्द्र !–

तुम्हारी मोहनी छवि पर निछावर प्राण हैं मेरे ।
अखिल भूलोक बलिहारी मधुर मृदु हास पर तेरे ।।

[पट-परिवर्तन]

पाँचवाँ दृश्य

स्थान—सेनापति बन्धुल का गृह

(मल्लिका और दासी)

मल्लिका – संसार में स्त्रियों के लिये पति ही सब कुछ है, किन्तु हाय ! आज मैं उसी सोहाग से वञ्चित हो गई हूँ। हृदय थरथरा रहा है, कंठ भरा आता है– एक निर्दय चेतना सब इन्द्रियों को अचेतन और शिथिल बनाये दे रही है। आह! **(ठहरकर और निःश्वास लेकर)**– हे प्रभु ! मुझे बल दो– विपत्तियों को सहन करने के लिये– बल दो ! मुझे विश्वास दो कि तुम्हारी शरण जाने पर कोई भय नहीं रहता, विपत्ति और दुःख उस आनन्द के दास बन जाते हैं, फिर सांसारिक आतंक उसे नहीं डरा सकते हैं। मैं जानती हूँ कि मानव-हृदय अपनी दुर्बलताओं में ही सबल होने का स्वांग बनाता है– किन्तु मुझे उस बनावट से, उस दम्भ से, बचा लो ! शान्ति के लिये साहस दो– बल दो !!

दासी – स्वामिनी, धैर्य धारण कीजिये।

मल्लिका – सरला ! धैर्य न होता तो अब तक यह हृदय फट जाता– यह शरीर निस्पन्द हो जाता ! यह वैधव्य-दुःख नारी-जाति के लिये कैसा कठोर अभिशाप है, यह किसी भी स्त्री को अनुभव न करना पड़े।

दासी – स्वामिनी, इस दुःख में भगवान ही सान्त्वना दे सकेंगे– उन्हीं का अवलम्ब है।

मल्लिका – एक बात स्मरण हो आई सरला !

दासी – क्या स्वामिनी ?

मल्लिका – सद्धर्म के सेनापति सारिपुत्र मौग्दलायन को कल मैं निमन्त्रण दे आई हूँ, आज वे आवेंगे। देख, यदि न हुआ हो तो भिक्षा का प्रबन्ध शीघ्र कर, जा, शीघ्र जा–**(दासी जाती है)**–तथागत ! तुम धन्य हो, तुम्हारे उपदेशों से हृदय निर्मल हो जाता है। तुमने संसार को दुःखमय बतलाया और उससे छूटने का उपाय भी सिखाया, कीट से लेकर इन्द्र तक की समता घोषित की ; अपवित्रों को अपनाया, दुखियों को गले लगाया अपनी दिव्य करुणा की वर्षा से विश्व को आप्लावित किया– अमिताभ, तुम्हारी जय हो !

(सरला आती है)

सरला – स्वामिनी ! भिक्षा का आयोजन सब ठीक है, कोई चिन्ता नहीं, किन्तु......

मल्लिका – किन्तु नहीं, सरला ! मैं भी व्यवहार जानती हूँ, आतिथ्य परम धर्म है। मैं भी नारी हूँ, नारी के हृदय में जो हाहाकार होता है, वह मैं अनुभव कर

रही हूँ। शरीर की धमनियाँ खिंचने लगती हैं। जी रो उठता है, तब भी कर्तव्य करना ही होगा।

(सारिपुत्र और आनन्द का प्रवेश)

मल्लिका – जय हो ! अभिताभ की जय हो– दासी वन्दना करती है। स्वागत !

सारिपुत्र – शान्ति मिले– सन्तोष में तृप्ति हो। देवि ! हम लोग आ गये– भिक्षा प्रस्तुत है ?

मल्लिका – देव ! यथाशक्ति प्रस्तुत है। पावन कीजिये। चलिये।

(दासी जल लाती है, मल्लिका पैर धुलाती है। दोनों बैठते हैं और भोजन करते हैं। लाते समय स्वर्ण-पात्र दासी से गिरकर टूट जाता है। मल्लिका उसे दूसरा लाने को कहती है।)

आनन्द – देवि ! दासी का अपराध क्षमा करना– जितनी वस्तुएँ बनती हैं, वे सब बिगड़ने ही के लिये। यही उसका परिणाम था, उसमें बेचारी दासी को कलंक मात्र था।

मल्लिका – यथार्थ है !

सारिपुत्र – आनन्द ! क्या तुमने समझा कि मल्लिका दासी पर रुष्ट होगी ! क्या तुमने अभी नहीं पहिचाना ? स्वर्ण-पात्र टूटने से इन्हें क्या क्षोभ होगा– स्वामी के मारे जाने का समाचार अभी हम लोगों के आने के थोड़ी देर पहले आया है ; किन्तु वह भी इन्हें अपने कर्तव्य से विचलित नहीं कर सका ! फिर, यह तो एक धातुपात्र था !–**(मल्लिका से)**– तुम्हारा धैर्य सराहनीय है। आनन्द ! लो, इस मूर्तिमती धर्म-परायणता से कर्तव्य की शिक्षा लो।

आनन्द – महिमामयी ! अपराध क्षमा हो। आज मुझे विश्वास हुआ कि केवल काषाय धारण कर लेने ही से धर्म पर एकाधिकार नहीं हो जाता– यह तो चित्त-शुद्धि से मिलता है।

मल्लिका – पतितपावन की अमोघ वाणी ने दृश्यों की नश्वरता की घोषणा की है। अब मुझे वह मोह की दुर्बलता सी दिखाई पड़ती है। उस धर्म–शासन से कभी विद्रोह न करूँगी, वह मानव का पवित्र अधिकार है, शान्तिदायक धैर्य का साधन है, जीवन का विश्राम है–**(पैर पकड़ती है)**– महापुरुष ! आशीर्वाद दीजिये कि मैं इससे विचलित न होऊँ।

सारिपुत्र – उठो देवि। उठो ! तुम्हें मैं क्या उपदेश करूँ ? तुम्हारा चरित्र, धैर्य का–कर्तव्य का–स्वयं आदर्श है। तुम्हारे हृदय में अखंड शान्ति है। हाँ, तुम जानती हो कि तुम्हारा शत्रु कौन है– तब भी विश्वमैत्री के अनुरोध से, उससे केवल उदासीन ही न रहो, प्रत्युत द्वेष भी न रखो।

(महाराज प्रसेनजित् का प्रवेश)

प्रसेनजित् – महास्थविर ! मैं अभिवादन करता हूँ। मल्लिका देवी, मैं क्षमा माँगने आया हूँ।

मल्लिका – स्वागत, महाराज ! क्षमा किस बात की ?

प्रसेनजित् – नहीं– मैंने अपराध किया है। सेनापति बन्धुल के प्रति मेरा हृदय शुद्ध नहीं था– इसलिए उनकी हत्या का पाप मुझे भी लगता है।

मल्लिका – यह अब छिपा नहीं है महाराज ! प्रजा के साथ आप इतना छल, इतनी प्रवञ्चना और कपट-व्यवहार रखते हैं ! धन्य हैं।

प्रसेनजित् – मुझे धिक्कार दो– मुझे शाप दो– मल्लिका ! तुम्हारे मुखमंडल पर तो ईर्ष्या और प्रतिहिंसा का चिन्ह भी नहीं है। जो तुम्हारी इच्छा हो, वह कहो, मैं उसे पूर्ण करूँगा–

मल्लिका – **(हाथ जोड़कर)** कुछ नहीं, महाराज ! आज्ञा दीजिये कि आपके राज्य से विर्विघ्न चली जाऊँ ; किसी शांतिपूर्ण स्थान में रहूँ। ईर्ष्या से आपका हृदय प्रलय के मध्यान्ह का सूर्य हो रहा है, उसकी भीषणता से बच कर किसी छाया में विश्राम करूँ। और कुछ भी मैं नहीं चाहती।

सारिपुत्र – मूर्तिमती करुणे ! तुम्हारी विजय है।

(राजा हाथ जोड़ता है)

[पट-परिवर्तन]

छठा दृश्य

महाराज बिम्बसार का गृह

(बिम्बसार और वासवी)

बिम्बसार – रात में ताराओं का प्रभाव विशेष रहने से चन्द्र नहीं दिखलाई देता और चन्द्रमा का तेज बढ़ने से तारे सब फीके पड़ जाते हैं, क्या इसी को शुक्ल पक्ष और कृष्ण पक्ष कहते हैं ? देवि ! कभी तुमने इसपर विचार किया है ?

वासवी – आर्यपुत्र !मुझे तो विश्वास है कि नीला पर्दा इसका रहस्य छिपाये है, जितना चाहता है उतना ही प्रकट करता है। कभी निशाकर को छाती पर लेकर खेला करता है कभी ताराओं को बिखेरता और कृष्णा कुहू के साथ क्रीड़ा करता है।

बिम्बसार – और कोमल पत्तियों को, जो अपनी डाली में निरीह लटका करती हैं, प्रभञ्जन क्यों झिझोड़ता है ?

वासवी – उसकी गति है, वह किसी से कहता नहीं है कि तुम मेरे मार्ग में

अड़ो ; जो साहस करता है,**उसे हिलना पड़ता है ।नाथ ! समयभी इसी तरह चला जा रहा है**, उसके लिये पहाड़ और पत्ती बराबर हैं।

बिम्बसार – फिर उसकी गति तो सम नहीं है, ऐसा क्यों ?

वासवी – यही समझाने के लिये बड़े-बड़े दार्शनिकों ने कई तरह की व्याख्याएँ की हैं, फिर भी प्रत्येक नियमोंमें अपवाद लगा दिये हैं। यह नहीं कहा जा सकता कि वह अपवाद नियम पर है या नियामक पर। सम्भवतः उसे ही लोग बवंडर कहते हैं।

बिम्बसार – तब तो देवि ! प्रत्येक असम्भावित घटना के मूल में यही बवंडर है। सच तो यह है कि विश्व भर में स्थान-स्थान पर वात्याचक्र है ; **जल में उसे भँवर कहते हैं, स्थल पर उसे बवडर कहते हैं**, राज्य में विप्लव, समाज में उच्छृंखलता और धर्म में पाप कहते हैं। चाहे इन्हें नियमों का अपवाद कहो चाहे बवंडर–यही न ?

(छलना का प्रवेश)

बिम्बसार – यह लो, हम लोग तो बवंडर की बातें करते थे, तुम यहाँ कैसे पहुँच गई ! राजमाता महादेवी को इस दरिद्र कुटीर में क्या आवश्यकता हुई ?

छलना – मैं बवंडर हूँ– इसीलिये जहाँ मैं चाहती हूँ, असम्भावित रूप से चली आती हूँ और देखना चाहती हूँ कि इस प्रवाह में कितनी सामर्थ्य है– इसमें आवर्त्त उत्पन्न कर सकती हूँ कि नहीं !

वासवी – छलना ! बहिन। तुमको क्या हो गया है ?

छलना – प्रमाद – और क्या। अभी सन्तोष नहीं हुआ, इतने उपद्रव करा चुकी हो, और भी कुछ शेष है ?

वासवी – क्यों, अजात तो अच्छी तरह है ? कुशल तो है ?

छलना – क्या चाहती हो ! समुद्रदत्त काशी में मारा ही गया। कोशल और मगध में युद्ध का उपद्रव हो रहा है। अजात भी उसमें गया है। साम्राज्य भर में आतंक है।

बिम्बसार – युद्ध में क्या हुआ ? **(मुँह फिराकर)** – अथवा मुझे क्या ?

छलना – शैलेन्द्र नाम के डाकू ने द्वन्द्वयुद्ध में आह्वान करके फिर धोखा देकर कोशल के सेनापति को मार डाला। सेनापति के मर जाने से सेना घबराई थी, उसी समय अजात ने आक्रमण कर दिया और विजयी हुआ–काशी पर अधिकार हो गया।

वासवी – तब इतना घबराती क्यों हो? अजात को रणदुर्मद साहसी बनाने के लिये ही तो तुम्हें इतनी उत्कंठा थी। राजकुमार को तो ऐसी उद्धत शिक्षा तुम्हीं ने दी थी, फिर उलाहना क्यों ?

छलना – उलाहना क्यों न दूँ–जब कि तुमने जान-बूझकर यह विप्लव खड़ा किया है। क्या तुम इसे नहीं दबा सकती थीं;क्योंकि वह तो तुम्हारे पिता से तुम्हें मिला हुआ प्रान्त था।

वासवी – जिसने दिया था, यदि वह ले ले तो मुझे क्या अधिकार है कि मैं उसे न लौटा दूँ? तुम्हीं बतलाओ कि मेरा अधिकार छीनकर जब आर्यपुत्र ने तुम्हें दे दिया, तब भी मैंने कोई विरोध किया था?

छलना – यह ताना सुनने मैं नहीं आई हूँ। वासवी, तुमको तुम्हारी असफलता सूचित करने आई हूँ।

बिम्बसार – तो राजमाता को कष्ट करने की क्या आवश्यकता थी? यह तो एक सामान्य अनुचर कर सकता था।

छलना – किन्तु वह मेरी जगह तो नहीं हो सकता था और संदेश भी अच्छी तरह से नहीं कहता। वासवी के मुख की प्रत्येक सिकुड़न पर इस प्रकार लक्ष्य न रखता, न तो वासवी को इतना प्रसन्न ही कर सकता।

बिम्बसार – **(खड़े होकर)**-छलना ! मैंने राजदंड छोड़ दिया है;किन्तु मनुष्यता ने अभी मुझे नहीं परित्याग किया है। सहन की भी सीमा होती है। अधम नारी ! चली जा। तुझे लज्जा नहीं बर्बर लिच्छिवी रक्त !

वासवी – बहिन ! जाओ, सिंहासन पर बैठकर राजकार्य देखो। व्यर्थ झगड़ने से तुम्हें क्या सुख मिलेगा? और अधिक तुम्हें क्या कहूँ;तुम्हारी बुद्धि !

(छलना जाती है)

वासवी- (प्रार्थना करती है) –

दाता सुमति दीजिये!
मानव-हृदय भूमि करुणा से सींचकर
बोधन-विवेक-बीज अंकुरित कीजिये।
दाता सुमति दीजिये।।

(जीवक का प्रवेश)

जीवक – जय दो देव !

बिम्बसार – जीवक, स्वागत। तुम बड़े समय पर आये। इस समय हृदय बड़ा उद्विग्न था। कोई नया समाचार सुनाओ।

जीवक – कौशाम्बी के समाचार तो लिखकर भेज चुका हूँ। नया समाचार यह है कि मागन्धी का सब षड्यन्त्र खुल गया और राजकुमारी पद्मावती का पूर्ववत् गौरव हो गया। वह दुष्टा मागन्धी महल में आग लगाकर जल मरी !

बिम्बसार – बेटी पद्मा ! प्राण बचे। इतने दिनों तक बड़ी दुखी रही, क्यों जीवक?

वासवी – और कोशल का क्या समाचार है? विरुद्धक को भाई ने क्षमा किया या नहीं? वह आजकल कहाँ है ?

जीवक – वही तो काशी का शैलेन्द्र है। उसने मगधनरेश -नहीं-नहीं –कुमार कुणीक से मिलकर कोशल-सेनापति बन्धुल को मार डाला, और स्वयं इधर-उधर विद्रोह करता फिर रहा है।

वासवी – यह क्या है ! भगवन् ! बच्चों को यह क्या सूझी है ?क्या यही राजकल की शिक्षा है?

जीवक – और महाराज प्रसेनजित् घायल होकर रणक्षेत्र से लौट गये। इधर कोई और नई बात हुई हो तो मैं नहीं जानता।

बिम्बसार – जीवक, अब तुम विश्राम करो। अब और कोई समाचार सुनने की इच्छा नहीं है। संसार भर में विद्रोह, संघर्ष, हत्या, अभियोग, षड्यन्त्र और प्रतारणा है। यही सब तुम सुनाओगे, ऐसा मुझे निश्चय हो गया। जाने दो। एक शीतल निःश्वास लेकर तुम विश्व के वात्याचक्र से अलग हो जाओ और इस पर प्रलय के सूर्य का किरणों से तप कर गलते हुए गीले लोहे की वर्षा होने दो। अविश्वास की आँधियों को सरपट दौड़ने दो। पृथ्वी के प्राणियों में अन्याय बढ़े, जिससे दृढ़ होकर लोग अनीश्वरवादी हो जायँ, और प्रतिदिन नई समस्या हल करते-करते कुटिल कृतघ्न जीव मूर्खता की धूल उड़ावें–और विश्व भर में इस पर एक उन्मत्त अट्टहास हो।

(उन्मत्त भाव से जाता है)

[पट-परिवर्तन]

सातवाँ दृश्य

स्थान–कोशल की सीमा

(मल्लिका की कुटी में मल्लिका और दीर्घकारायण)

दीर्घकारायण–नहीं, मैं कभी इसका अनुमोदन नहीं कर सकता। आप चाहे इसे धर्म समझें, किन्तु साँप को जीवन दान करना कभी भी लोकहितकर नहीं है।

मल्लिका – कारायण!तुम्हारा रक्त अभी बहुत खौल रहा है। तुम्हारी प्रतिहिंसा की बर्बरता वेगवती है, किन्तु सोचो, विचारो, जिसके हृदय में विश्वमैत्री के द्वारा करुणा का उद्रेक हुआ है, उसे अपकार का स्मरण क्या कभी अपने कर्तव्य से विचलित कर सकता है?

दीर्घकारायण – आप देवी हैं। सौरमंडल से भिन्न जो केवल कल्पना के

आधार पर स्थिर है, उस उच्च जगत् की बातें आप सोच सकती हैं। किन्तु, हम इस संघर्षपूर्ण जगत् के जीव हैं, जिसमें कि शून्य भी प्रतिध्वनि देता है, जहाँ किसी को वेग से कंकड़ी मारने पर वही कंकड़ी–मारनेवाले की ओर–लौटने की चेष्टा करती है। इसलिए मैं तो यही कहूँगा कि इस मरणासन्न घमंडी और दुर्वृत्त कोशलनरेश की रक्षा आपको नहीं करनी चाहिये।

मल्लिका – अपना कर्तव्य मैं अच्छी तरह जानती हूँ। करुणा की विजय-पताका के नीचे हमने प्रयाण करने का दृढ़ विचार करके उसकी अधीनता स्वीकार कर ली है। अब एक पग भी पीछे हटने का अवकाश नहीं। विश्वासी सैनिक के समान नश्वर जीवन का बलिदान करूँगी–कारायण !

दीर्घकारायण–तब मैं जाता हूँ–जैसी इच्छा।

मल्लिका–ठहरो, मैं तुमसे एक बात पूछना चाहती हूँ। क्या तुम इस युद्ध में नहीं गये थे ? क्या तुमने अपने हाथों से जानबूझकर कोशल को पराजित होने नहीं दिया ? क्या सच्चे सैनिक के समान ही तुम इस रणक्षेत्र में खड़े थे, और तब भी कोशल-नरेश की यह दुर्दशा हुई ? जब तुम इस लघु सत्य को पालने में असमर्थ हुए, तब तुमसे और महान् स्वार्थ-त्याग की क्या आशा की जाय ! मुझे विश्वास है कि यदि कोशल की सेना अपने सत्य पर रहती तो यह दुःखद घटना न होने पाती।

दीर्घकारायण – इसमें मेरा क्या अपराध है ? जैसी सबकी, वैसी ही मेरी भी इच्छा थी। **–(कुटी से घायल प्रसेनजित् निकलता है)**

प्रसेनजित – देवि ! तुम्हारे उपकारों का बोझ मुझे असह्य हो रहा है। तुम्हारी शीतलता ने इस जलते हुए लोहे पर विजय प्राप्त कर ली है। बार बार क्षमा माँगने पर हृदय को सन्तोष नहीं होता। अब मैं श्रावस्ती जाने की आज्ञा चाहता हूँ।

मल्लिका – सम्राट् ! क्या आपको मैंने बन्दी कर रक्खा है ? यह कैसा प्रश्न बड़ी प्रसन्नता से आप जा सकते हैं।

प्रसेनजित – नहीं, देवि ! इस दुराचारी के पैरों में तुम्हारे उपकारों की बेड़ी और हाथों में क्षमा की हथकड़ी पड़ी है। जब तक तुम कोई आज्ञा देकर इसे मुक्त नहीं करोगी, यह जाने में असमर्थ है।

मल्लिका – कारायण ! यह तुम्हारे सम्राट् हैं–जाओ, इन्हें राजधानी तक सकुशल पहुँचा दो, मुझे तुम्हारे बाहुबल पर भरोसा है, और चरित्र पर भी।

प्रसेनजित–कौन कारायण, सेनापति बन्धुल का भागिनेय ?

दीर्घकारायण – हाँ श्रीमन्। वही कारायण अभिवादन करता है।

प्रसेनजित – कारायण ! माता ने आज्ञा दी है, तुम मुझे कल पहुँचा दोगे ?

देखो जननी की यह मूर्त्ति! – विपद में बच्चे की तरह जिसने मेरी सेवा की है। क्या तुम इसमें भक्ति करते हो? यदि तुमने इन दिव्य चरणों की भक्ति पाई है तो तुम्हारा जीवन धन्य है।

(मल्लिका का पैर पकड़ता है)

मल्लिका – उठिये सम्राट्! उठिये। मर्य्यादा भंग करने का आपको भी अधिकार नहीं है।

प्रसेनजित – यदि आज्ञा हो तो मैं दीर्घकारायण को अपना सेनापति बनाऊँ और इसी वीर में स्वर्गीय सेनापति बन्धुल की प्रतिकृति देखकर अपने कुकर्म का प्रायश्चित्त करूँ। देवि! मैं स्वीकार करता हूँ कि महात्मा बन्धुल के साथ मैंने घोर अन्याय किया है। और, आपने क्षमा करके मुझे कठोर दंड दिया है, हृदय में इसकी बड़ी ज्वाला है। देवि! एक अभिशाप तो दे दो, जिससे नरक की ज्वाला शान्त हो जाय और पापी प्राण निकलने में सुख पावे।

मल्लिका – अतीत के वज्र कठोर हृदय पर जो कुटिल रेखा-चित्र खिंच गये हैं वे क्या कभी मिटेंगे? यदि आपकी इच्छा है तो वर्तमान में कुछ रमणीय सुन्दर चित्र खींचिये, जो भविष्य में उज्ज्वल होकर दर्शकों के हृदय को शान्ति दें। दूसरों को सुखी बनाकर सुख पाने का अभ्यास कीजिये।

प्रसेनजित् – आपका आशीर्वाद सफल हो! चलो कारायण!

(दोनों नमस्कार करके जाते हैं)

मल्लिका – **(प्रार्थना करती है)**

अधीर न हो चित्त विश्व-मोह-जाल में।
यह वेदना-विलोल-वीचि मय-समुद्र है।।
है दुःख का भँवर चला कराल चाल में।
वह भी क्षणिक, इसे कहीं टिकाव है नहीं।।
सब लौट जायँगे उसी अनन्त काल में।
अधीर न हो चित्त विश्व-मोहजाल में।।

अजातशत्रु – **(प्रवेश करके)**–कहाँ गया? मेरे क्रोध का कन्दुक, मेरी क्रूरता का खिलौना, कहाँ गया? रमणी! शीघ्र बता–वह घमंडी कोशल सम्राट कहाँ गया?

मल्लिका – शान्त हो राजकुमार कुणीक! शान्त हो। तुम किसे खोजते हो? बैठो। अहा, यह सुन्दर मुख, इसमें भयानकता क्यों ले आते हो? सहज सुन्दर बदन क्यों विकृत करते हो? शीतल हो, विश्राम लो। देखो, यह अशोक की शीतल छाया तुम्हारे हृदय को कोमल बना देगी, बैठ जाओ।

अजातशत्रु – **(मुग्ध-सा बैठ जाता है)- क्या यही प्रसेनजित्** नहीं रहा, अभी मुझे गुप्तचर ने समाचार दिया है।

मल्लिका – हाँ, इसी आश्रम में उनकी शुश्रूषा हुई है **और वे स्वस्थ** होकर अभी-अभी गये हैं। पर तुम उन्हें लेकर क्या करोगे ? तुम उष्ण रक्त चाहते हो या इस दौड़धूप के बाद शीतल हिम-जल ? युद्ध में जब यशार्जन कर चुके, तब हत्या करके क्या अब हत्यारे बनोगे ? वीरों को विजय की लिप्सा होनी चाहिये न कि हत्या की।

अजातशत्रु – देवी; आप कौन हैं ? हृदय नम्र होकर आप-ही-आप प्रणाम करने को झुक रहा है। ऐसी पिघला देनेवाली वाणी तो मैंने कभी नहीं सुनी।

मल्लिका – मैं स्वर्गीय कोशल-सेनापति की विधवा हूँ, जिसके जीवन से तुम्हारी बड़ी हानि थी और उसे षड्यन्त्र के द्वारा मरवा कर तुमने काशी का राज्य हस्तगत किया है।

अजातशत्रु – यह षड्यन्त्र स्वयं कोशलनरेश का था, क्या यह आप नहीं जानतीं ?

मल्लिका – जानती हूँ, और यह भी जानती हूँ कि सब मृत्पिड इसी मिट्टी में मिलेंगे।

अजातशत्रु – तब भी आपने उस अधम जीवन की रक्षा की ! ऐसी क्षमा ! आश्चर्य ! यह देवकर्तव्य....।

मल्लिका – नहीं राजकुमार, यह देवता का नहीं–मनुष्य का कर्तव्य है। उपकार, करुणा, समवेदना और पवित्रता मानव-हृदय के लिये ही बने हैं।

अजातशत्रु – क्षमा हो देवि ! मैं जाता हूँ–अब कोशल पर आक्रमण नहीं करूँगा ! इच्छा थी कि इसी समय इस दुर्बल राष्ट्र को हस्तगत करूँ, किन्तु नहीं, अब लौट जाता हूँ।

मल्लिका – जाओ, गुरुजनों को सन्तुष्ट करो।

(अजात जाता है)

|पट-परिवर्तन|

आठवाँ दृश्य

श्रावस्ती का एक उपवन

(श्यामा और शैलेन्द्र मद्यपान करते हुए)

शैलेन्द्र – प्रिये ! यहाँ आकर मन बहल गया।

श्यामा – क्यो वहाँ मन नहीं लगता था ? क्या रूप-रस से तृप्ति हो गई ?

शैलेन्द्र – नहीं श्यामा ! तुम्हारे सौन्दर्य ने तो मुझे भुला दिया है कि मैं डाकू था। मैं स्वयं भूल गया हूँ कि मैं कौन था, मेरा उद्देश्य क्या था ; और तुम ! एक विचित्र पहेली हो। हिंस्र पशु को पालतू बना लिया, आलसपूर्ण सौन्दर्य की तृष्णा मुझे किस लोक में ले जा रही है ! तुम क्या हो सुन्दरी !

(पान करता है)

श्यामा – (गाती है) –

निर्जन गोधूली प्रान्तर में खोले पर्णकुटी के द्वार,
दीप जलाये बैठे थे तुम किये प्रतीक्षा पर अधिकार।
बटमारों से ठगे हुए की ठुकराये की लाखों से,
किसी पथिक की राह देखते अलस अकम्पित आँखों से–
पलकें झुकीं यवनिका-सी थीं अन्तस्तल के अभिनय में,
इधर वेदना श्रम-सीकर आँसू की बूँदें परिचय में।
फिर भी परिचय पूछ रहे हो, विपुल विश्व में किसको दूँ ?
चिनगारी श्वासों में उड़ती, रो लूँ, ठहरो दम ले लूँ।
निर्जन कर दो क्षण भर कोने में, उस शीतल कोने में,
यह विश्राम सम्हलजायेगासहज व्यथा के सोने में।
बीती बेला, नील गगन तम, छिन्न विपंची, भूला प्यार,
क्षपा-सदृश छिपना है फिर तो परिचय देंगे आँसू-हार।।

मुझसे परिचय न पूछो प्रियतम ! न पूछो !

(शैलेन्द्र उसे पान कराता है)

शैलेन्द्र – ओह मैं बेसुध हो चला हूँ– इस संगीत के साथ सौन्दर्य और सुरा ने मुझे अभिभूत कर लिया है। तब यही सही।

(दोनों पान करते हैं, श्यामा सो जाती है)

शैलेन्द्र – (स्वगत)– काशी के उस संकीर्ण भवन में छिपकर रहते-रहते चित्त घबरा गया था। समुद्रदत्त के मारे-जाने का मैं ही कारण था, इसीलिए प्रकाश्य रूप से अजातशत्रु से मिलकर कोई कार्य भी नहीं कर सकता था। इस पामरी की गोद में मुँह छिपाकर कितने दिन बिताऊँ ? हमारे भावी कार्यों में अब यह विघ्नस्वरूप हो रही है। यह प्रेम दिखाकर मेरी स्वतन्त्रता हरण कर रही है। अब नहीं, इस गर्त्त में अब नहीं गिरा रहूँगा। कर्मपथ के कोमल और मनोहर कंटकों को कठोरता से–निर्दयता से–हटाना ही पड़ेगा। तब, आज से, अच्छा समय कहाँ–

श्यामा सोई हुई भयानक स्वप्न देख रही है, दृश्य में चौंक कर उठती है–)

श्यामा – शैलेन्द्र.......

शैलेन्द्र – क्यों प्रिये !

श्यामा – प्यास लगी है।

शैलेन्द्र – क्या पियोगी ?

श्यामा – जल।

शैलेन्द्र – प्रिये ! जल तो नहीं है। यह शीतल पेय है, पी लो।

श्यामा – विष ! ओह सिर घूम रहा है। मैं बहुत पी चुकी हूँ। अब....जल....भयानक स्वप्न। क्या तुम मुझे जलते हुए हलाहल की मात्रा पला दोगे !–

(अर्द्ध-निमीलित नेत्रों से देखती हुई)

अमृत हो जायगा, विष भी पिला दो हाथ से अपने।
पलक ये छक चुके हैं चेतना उसमें लगी कँपने।।
विकल हैं इंद्रियाँ, हाँ देखते इस रूप के सपने।
जगत विस्मृत, हृदय पुलकित लगा वह नाम है जपने।।

शैलेन्द्र – छिः ! यह क्या कह रही हो ? कोई स्वप्न देख रही हो क्या ?लो, थोड़ी पी लो– **(पिला देता है)**

श्यामा – मैंने अपने जीवन भर में तुम्हीं को प्यार किया है। तुम मुझे धोखा तो नहीं दोगे ? ओह ? कैसा भयानक स्थान है। उसी स्वप्न की तरह...

शैलेन्द्र – क्या बक रही हो ! सो जाओ, वन-बिहार से थकी हो।

श्यामा – **(आँख बंद किये हुए)**– क्यों यहाँ ले आये ! क्या घर में सुख नहीं मिलता था ?

शैलेन्द्र – कानन की हरी-भरी शोभा देखकर जी बहलाना चाहिए, क्यों तुम इस प्रकार बिछली जा रही हो !

श्यामा – नहीं नहीं, मैं आँख न खोलूँगी, डर लगता है, तुम्हीं पर मेरा विश्वास है ; यही रहा।

(निद्रित होती है)

शैलेन्द्र – **(स्वगत)**– सो गई ! आह ! हृदय में एक वेदना उठती है–ऐसी सुकुमार वस्तु ! नहीं नहीं ! किन्तु विश्वास के बल पर इसने समुद्रदत्त के प्राण लिए ! यह नागिन है, पलटते देर नहीं। मुझे अभी प्रतिशोध लेना है–दावाग्नि सा बढ़कर फैलना है, उसमें चाहे सुकुमार तृण-कुसुम हो अथवा विशाल शालवृक्ष। दावाग्नि या अन्धड़ छोटे-छोटे फूलों को बचाकर नहीं चलेगा। तो बस.....

श्यामा – (जागकर)– शैलेन्द्र ! विश्वास ! देखो कहीं...ओह भयानक.... **(आँख बन्द कर लेती है)**

शैलेन्द्र – तब देर क्या ! कहीं कोई आ जायगा ! फिर– **(श्यामा का गला घोंटता है, वह क्रन्दन करके शिथिल हो जाती है)** बस चलें। पर नहीं, धन की भी आवश्यकता है–

(आभूषण उतार कर ले जाता है)

(गौतम बुद्ध और आनन्द का प्रवेश)

आनन्द – भगवन् ! देवदत्त ने तो अब बड़े उपद्रव मचाये। तथागत को कलंकित और अपमानित करने के लिए उसने कौन-से उपाय नहीं किये। उसे इसका फल मिलना चाहिये।

गौतम – यह मेरा काम नहीं–वेदना और संज्ञाओं का दुःख अनुभव करना मेरी सामर्थ्य के बाहर है। हमें अपना कर्तव्य करना चाहिये, दूसरों के मलिन कर्मों को विचारने से भी चित्त पर मलिन छाया पड़ती है।

आनन्द – देखिए, अभी चिञ्चा को लेकर उसने कितना बड़ा अपवाद लगाना चाहा था– केवल आप की मर्यादा गिरा देने की इच्छा से।

गौतम – किन्तु सत्य-सूर्य को कहीं कोई चलनी से ढक लेगा ? इस क्षणिक प्रवाह में सब विलीन हो जायँगे ! मुझे अकार्य करने से क्या लाभ ! चिञ्चा को ही देखो, अब वह बात खुल गई कि उसे गर्भ नहीं है, वह केवल मुझे अपवाद लगाना चाहती थी। और उसकी कैसी दुर्गति हुई। शुद्ध बुद्धि की प्रेरणा से सत्कर्म करते रहना चाहिये। दूसरों की ओर उदासीन हो जाना ही शत्रुता की पराकाष्ठा है। आनन्द ! दूसरों का अपकार सोचने से अपना हृदय भी कलुषित होता है।

आनन्द – यथार्थ है प्रभु,– **(श्यामा के शव को देखकर)**– अरे यह क्या ! चलिये गुरुदेव ! यहाँ से शीघ्र हट चलिये। देखिये, अभी यहाँ कोई कांड संघटित हुआ है।

गौतम – अरे, यह तो कोई स्त्री है, उठाओ आनन्द ! इसे सहायता की आवश्यकता है।

आनन्द – तथागत ! आपके प्रतिद्वन्द्वी इससे बड़ा लाभ उठावेंगे। यह मृतक स्त्री विहार में लेजाकर क्या आप कलंकित होना चाहते हैं ?

गौतम – क्या करुणा का आदेश कलंक के डर से भूल जाओगे ? यदि हम लोगों की सेवा से वह कष्ट से मुक्त हो गयी तब ? और मैं निश्चयपूर्वक कहता हूँ कि यह मरी नहीं है। आनन्द, विलम्ब न करो। यदि यह यों ही पड़ी रही तब भी तो बिहार के पीछे ही है। उस अपवाद से हम लोग कहाँ बचेंगे ?

आनन्द – प्रभु, जैसी आज्ञा।

(उसे उठाकर दोनों ले जाते हैं)

(शैलेन्द्र का प्रवेश)

शैलेन्द्र – उसे कोई उठा ले गया। चलो मैं भी उसके घर में जो कुछ था, ले आया। अब कहाँ चलना चाहिये। श्रावस्ती तो अपनी राजधानी है, पर यहाँ अब एक क्षण भी नहीं ठहरूँगा। माता से भेंट हो चुकी, इतना द्रव्य भी हाथ लगा। बस, कारायण से मिलता हुआ एक बार ही सीधे राजगृह। रहा अजात से मिलना। किन्तु अब कोई चिन्ता नहीं, श्यामा तो रही नहीं, कौन रहस्य खोलेगा। समुद्रदत्त के लिये मैं भी कोई बात बना दूँगा। तो चलूँ, इस संघाराम में कुछ भीड़-सी एकत्र हो रही है, यहाँ ठहरना अब ठीक नहीं।

(जाता है)

(एक भिक्षु का प्रवेश)

भिक्षु – आश्चर्य ! वह मृत स्त्री जी उठी और इतनी ही देर में दुष्टों ने कितना आतंक फैला दिया था। समग्र विहार मनुष्यों से भर गया था। दुष्ट जनता को उभाड़ने के लिये कह रहे थे कि, पाखंडी गौतम ने ही उसे मार डाला। इस हत्या में गौतम की ही कोई बुरी इच्छा थी। किन्तु उसके स्वस्थ होते ही सबके मुँह में कालिख लग गई। और,अब लोग कहते हैं कि 'धन्य हैं गौतम बड़े महात्मा हैं उन्होंने मरी हुई स्त्री को जिला दिया !' मनुष्य के मुख में भी तो साँपों की तरह दो जीभ हैं। चलूँ, देखूँ, कोई बुला रहा है।

(जाता है)

(रानी शक्तिमती और कारायण का प्रवेश)

रानी – क्यों सेनापति, तुम तो इस पद से सन्तुष्ट होगे ? अपने मातुल की दशा तो अब तुम्हें भूल गई होगी ?

कारायण – नहीं रानी ! वह भी इस जन्म में भूलने की बात है ! क्या करूँ,मल्लिका देवी की आज्ञा से मैंने यह पद ग्रहण किया है, किन्तु हृदय में बड़ी ज्वाला धधक रही है !

रानी – पर तुम्हें इसके लिये चेष्टा करनी चाहिए, स्त्रियों की तरह रोने से काम न चलेगा। विरुद्धक ने तुमसे भेंट की थी?

कारायण – कुमार बड़े साहसी हैं– मुझसे कहने लगे कि "अभी मैंने एक हत्या की है और उससे मुझे यह धन मिला है, सो तुम्हें गुप्त सेना–संगठन के लिये देता हूँ। मैं फिर उद्योग में जाता हूँ। यदि तुमने धोखा दिया तो स्मरण रखना– शैलेन्द्र किसी पर दया करना नहीं जानता।" उस समय मैं तो केवल

बात ही सुन कर स्तब्ध रह गया। बस स्वीकार करते ही बना रानी ! उस युवक को देखकर मेरी आत्मा काँपती है !

रानी – अच्छा, तो प्रबन्ध ठीक करो। सहायता मैं दूँगी। पर यहाँ भी अच्छा खेल हुआ...

कारायण – हम लोग भी तो उसी को देखने आये थे। आश्चर्य, क्या जाने, कैसे वह स्त्री जी उठी ! नहीं तो अभी ही गौतम का सब महात्मापन भूल जाता।

रानी – अच्छा, अब हम लोगों को शीघ्र चलना चाहिये, सब जनता नगर की ओर जा रही है। देखो, सावधान रहना, मेरा रथ भी बाहर खड़ा होगा।

कारायण – कुछ सेना अपनी निज की प्रस्तुत कर लेता हूँ जो कि राजसेना से बराबर मिली-जुली रहेगी और काम के समय हमारी आज्ञा मानेगी।

रानी – और भी एक बात कहनी है– कौशाम्बी का दूत आया है, सम्भवतः कौशाम्बी और कोशल की सेना मिलकर अजात पर आक्रमण करेगी। उस समय तुम क्या करोगे?

कारायण – उस समय वीरों की तरह मगध पर आक्रमण करूँगा और सम्भवतः इस बार अवश्य अजात को बन्दी बनाऊँगा। अपने घर की बात अपने घर में ही निपटेगी।

रानी – **(कुछ सोचकर)**– अच्छा।

(दोनों जाते हैं)

[पट-परिवर्तन]

नवाँ दृश्य

स्थान–कौशाम्बी का पथ

(जीवक और वसंतक)

वसंतक – **(हँसता हुआ)**– तब इसमें मेरा क्या दोष ?

जीवक – जब तुम दिन–रात राजा के समीप रहते हो और उनके सहचर बनने का तुम्हें गर्व है, तब तुमने क्यों नहीं ऐसी चेष्टा की–

बसंतक – कि राजा बिगड़ जायँ ?

जीवन – अरे बिगड़ जायँ कि सुधर जायँ। ऐसी बुद्धि को....

वसंतक – धिक्कार है, जो इतना भी न समझे कि राजा पीछे चाहे स्वयं सुधर जायँ अभी तो हमसे बिगड़ जायँगे।

जीवक – तब तुम क्या करते हो ?

बसंतक – दिन - रात सीधा किया करते हैं। बिजली की रेखा की तरह टेढ़ी

जो राजशक्ति है उसे दिन - रात सँवार कर, पुचकारकर, भयभीत होकर, प्रशंसा करके सीधा करते हैं। नहीं तो न जाने किस पर वह गिरे! फिर महाराज प्रथ्वीनाथ! यथार्थ है! आश्चर्य! इत्यादि के क्वाथ से पुटपाक.....।

जीवक – चुप रहो, बको मत, तुम्हारे ऐसे मूर्खों ने ही तो सभा को बिगाड़ रक्खा है! जब देखो परिहास!

वसंतक – परिहास नहीं अट्टहास। उसके बिना क्या लोगों का अन्न पचता है? क्या बल है–तुम्हारी बूटी में? अरे! जो मैं सभा को बनाऊँ, तो क्या अपने को बिगाड़ूँ? और फिर झाड़ू लेकर पृथ्वी–देवता को मोरछल करता फिरूँ? देखो न अपना मुख आदर्श में– चले थे सभा बनाने, राजा को सुधारने! इस समय तो....

जीवक – तो इससे क्या, हम अपना कर्तव्य पालन करते हैं, दुःख से विचलित तो होते नहीं–

लोक सुख का नहीं, न तो डर है।
प्राण कर्तव्य पर निछावर है।।

वसंतक – तो इससे क्या? हम भी अपना पेट पालते हैं, अपनी मर्यादा बनाये रहते हैं, किसी और के दुःख से हम भी टस से मस नहीं होते–एक बाल भर भी नहीं, समझे? और काम कितना सम पर और सुरीला करते हैं, सो भी जानते हो। जहाँ उन्होंने आज्ञा दी कि "इसे मारो", हम तत्काल ही सम पर बोलते हैं कि "रो sss"

जीवक – जाओ रोओ!

वसंतक – क्या तुम्हारे नाम को? अरे रोयें तुम्हारे - से परोपकारी, जो राजा को समझाया चाहते हैं। घंटों बकवाद करके उन्हें भी तंग करना और अपने मुख को भी कष्ट देना। जो जीभ अच्छा स्वाद लेने के लिये बनी है, उसे व्यर्थ हिलाना–डुलाना! अरे, यहाँ तो जब राजा ने एक लम्बी-चौड़ी आज्ञा सुनाई, उसी समय "यथार्थ है श्रीमान्" कहकर विनीत होकर गर्दन झुका ली– बस इतिश्री। नहीं तो राजसभा में बैठने कौन देता है!

जीवक – तुम लोग -जैसे चाटुकारों का भी कैसा अधम जीवन है!

वसंतक – और आप - जैसे लोगों का उत्तम? कोई माने चाहे न माने–टाँग अड़ाये जाते हैं! मनुष्यता का ठीका लिये फिरते हैं!

जीवक – अच्छा भाई, तुम्हारा कहना ठीक है, जाओ, किसी प्रकार से पिंड भी छूटे।

वसंतक – पद्मावती देवी ने कहा है कि आर्य जीवक से कह देना कि अजात का कोई अनिष्ट न होने पावेगा, केवल शिक्षा के लिये यह आयोजन है। और

माता जी से विनती से कह देंगे कि पद्मावती बहुत शीघ्र उनका दर्शन श्रावस्ती में करेगी।

जीवक – अच्छा तो क्या युद्ध होना ध्रुव है ?

वसंतक – हाँ जी, प्रसेनजित् भी प्रस्तुत हैं। महाराज उदयन से मन्त्रणा ठीक हो गई है। आक्रमण हुआ ही चाहता है। महाराज बिम्बसार की समुचित सेवा करने अब वहाँ हम लोग आया ही चाहते हैं, पत्तल परसी रहे– समझे न ?

जीवक – अरे पेटू, युद्ध में तो कौए-गिद्ध पेट भरते हैं !

वसंतक – और इस आपस के युद्ध में ब्राह्मण भोजन करेंगे, ऐसी तो शास्त्र की आज्ञा ही है। क्योंकि युद्ध से प्रायश्चित्त लगता है। फिर बिना, ह-ह-ह-ह.....

जीवक – जाओ महाराज, दंडवत् !

(दोनों जाते हैं)

[पट-परिवर्तन]

दसवाँ दृश्य

मगध में छलना का प्रकोष्ठ

(छलना और अजातशत्रु)

छलना – बस थोड़ी-सी सफलता मिलते ही अकर्मण्यता ने सन्तोष का मोदक खिला दिया ! पेट भर गया! क्या तुम भूल गये कि 'सन्तुष्टश्च महीपतिः।'

अजातशत्रु – माँ ! क्षमा हो। युद्ध में बड़ी भयानकता होती है, कितनी स्त्रियाँ अनाथ हो जाती हैं। सैनिक जीवन का महत्वमय चित्र न जाने किस षड्यन्त्रकारी मस्तिष्क की भयानक कल्पना है। सभ्यता से मानव की जो पाशववृत्ति दबी हुई रहती है उसी को इसमें उत्तेजना मिलती है। युद्धस्थल का दृश्य बड़ा भीषण होता है।

छलना – कायर ! आँख बन्द कर ले ! यदि ऐसा ही था तो क्यों बूढ़े बाप को हटा कर सिंहासन पर बैठा?

अजातशत्रु – तुम्हारी आज्ञा से माँ ! मैं आज भी सिंहासन से हटकर पिता की सेवा करने को प्रस्तुत हूँ।

देवदत्त– (प्रवेश करके) – किन्तु अब बहुत दूर तक बढ़ आये, लौटने का समय नहीं है। उधर देखो, कोशल और कौशाम्बी की सम्मिलित सेना मगध

पर गरजती चली आ रही है !

छलना – यदि उसी समय कोशल पर आक्रमण हो जाता तो आज इसका अवकाश ही न मिलता।

देवदत्त – समुद्रदत्त का मारा जाना आपको अधीर कर रहा है, किन्तु क्या समुद्रदत्त के ही भरोसे आप सम्राट बने थे? वह, निर्बोध विलासी–उसका ऐसा परिणाम तो होना ही था। पौरुष करने वाले को अपने बल पर विश्वास करना चाहिये।

छलना – बच्चे ! मैंने बड़ा भरोसा किया था कि तुम्हें भरतखंड का सम्राट देखूँगी और वीरप्रसूती होकर एक बार गर्व से तुमसे चरण–वन्दना कराऊँगी, किन्तु आह ! पति – सेवा से भी वंचित हुई और पुत्र का ...

देवदत्त – नहीं, नहीं, राजमाता दुखी न हों, अजातशत्रु तुम्हारा अमूल्य वीर - रत्न है। रण की भयानकता देखकर तो क्षणभर के लिये वीर धनंजय का भी हृदय पिघल गया था !

(सहसा विरुद्धक का प्रवेश)

विरुद्धक – माता, वन्दना करता हूँ। भाई अजात! क्या तुम विश्वास करोगे– मैं साहसिक हो गया हूँ। किन्तु मैं भी राजपुत्र हूँ और हमारा तुम्हारा ध्येय एक ही है।

अजातशत्रु – तुम्हें ! कभी नहीं, तुम्हारे षड्यन्त्र से समुद्रदत्त मारा गया, और ...

विरुद्धक – और कोशलनरेश को पाकर भी मेरे कहने से छोड़ दिया, क्यों? यदि मेरी मन्त्रणा लेते तो आज तुम मगध में सम्राट होते और मैं कोशल में सिंहासन पर बैठकर सुख भोगता। किन्तु , उस दुष्टा मल्लिका ने तुम्हें.....

अजातशत्रु – हाँ , उसमें तो मेरा ही दोष था। किन्तु अब तो मगध और कोशल आपस में शत्रु हैं, फिर हम तुम पर विश्वास क्यों करें?

विरुद्धक – केवल एक बात विश्वास करने की है। यही कि तुम कोशल नहीं चाहते और मैं काशी - सहित मगध नहीं चाहता। देखो, सेनापति कारायण ही कोशल की सेना का नेता है। वह मिला हुआ है, और विशाल सम्मिलित वाहिनी क्षुब्ध समुद्र के समान गर्जन कर रही है। मैं खड्ग लेकर शपथ करता हूँ कि कौशाम्बी की सेना पर मैं आक्रमण करूँगा और दीर्घकारायण के कारण जो निर्बल कोशलसेना है उसपर तुम , जिसमें तुम्हें विश्वास बना रहे। यही समय है, विलम्ब ठीक नहीं।

छलना – कुमार विरुद्धक ! क्या तुम अपने पिता के विरुद्ध खड़े होगे ? और किस विश्वास पर ...

विरुद्ध – जब मैं पदच्युत और अपमानित व्यक्ति हूँ तब मुझे अधिकार है कि सैनिक कार्य में किसी का भी पक्ष ग्रहण कर सकूँ, क्योंकि यही क्षत्रिय की धर्मसम्मत आजीविका है। हाँ, मैं पिता से स्वयं नहीं लड़ूँगा। इसीलिये कौशाम्बी की सेना पर मैं आक्रमण करना चाहता हूँ।

देवदत्त और छलना – अब अविश्वास का समय नहीं है। रणवाद्य समीप ही सुनाई पड़ते हैं !

अजातशत्रु – जैसी माता की आज्ञा।

(छलना तिलक और आरती करती है)

(नेपथ्य में रणवाद्य, विरुद्धक और अजात की युद्ध - यात्रा)

[यवनिका]

तीसरा अंक

पहला दृश्य

स्थान – मगध में राजकीय भवन

(छलना और देवदत्त)

छलना – धूर्त्त ! तेरी प्रवंचना से मैं इस दशा को प्राप्त हुई, पुत्र बन्दी होकर विदेश को चला गया और पति को मैंने स्वयं बन्दी बनाया ! पाखंड, तूने ही यह चक्र रचा है !

देवदत्त – नारी ! क्या तुझे राजशक्ति का घमंड हो गया है, जो परिव्राजकों से इस तरह की बातें करती है ! तेरी राजलिप्सा और महत्वाकांक्षा ने ही तुझसे सब कुछ कराया, तू दूसरे पर क्यों दोषारोपण करती है, क्या मुझे ही राज्य भोगना है?

छलना – पाखंड ! जब तूने धर्म के नाम पर उत्तेजित करके मुझे कुशिक्षा दी, तब मैं भूल में थी। गौतम को कलंकित करने के लिये कौन श्रावस्ती गया था? और किसने मतवाला हाथी दौड़ा कर उनके प्राण लेने की चेष्टा की थी ? ओह ! मैं किस भ्रान्ति में थी ! जी चाहता है कि इस नरपिशाच मूर्ति को अभी मिट्टी में मिला दूँ ! प्रतिहारी !

प्रतिहारी – **(प्रवेश करके)** – महादेवी की जय हो क्या आज्ञा है ?

छलना – अभी इस मुड़िये को बन्दी बनाओ और वासवी को पकड़ लाओ !

(प्रतिहारी इंगित करता है, देवदत्त बन्दी होता है)

देवदत्त – इसका फल तुझे मिलेगा !

छलना – घायल बाघिनी को भय दिखाता है ! वर्षा की पहाड़ी नदी को हाथों से रोक लेना चाहता है ! देवदत्त ! ध्यान रखना, इस अवस्था में नारी क्या नहीं कर सकती है ! अब तेरा अभिशाप मुझे नहीं डरा सकता। तू अपने कर्म भोगने से लिये प्रस्तुत हो जा।

(वासवी का प्रवेश)

छलना – अब तो तुम्हारा हृदय सन्तुष्ट हुआ?

वासवी – क्या कहती हो छलना ? अजात बंदी हो गया तो मुझे सुख मिला, यह बात कैसे तुम्हारे मुख से निकली? क्या वह मेरा पुत्र नहीं है?

छलना – मीठे मुँह की डायन। अब तेरी बातों से मैं ठंढी नहीं होने की।

ओह ! इतना साहस, इतनी कूट - चातुरी ! आज मैं उसी हृदय को निकाल लूँगी, जिसमें यह सब भरा था। वासवी, सावधान ! मैं भूखी सिंहनी हो रही हूँ !

वासवी – छलना ! उसका मुझे डर नहीं है। यदि तुम्हें इससे कोई सुख मिले तो तुम करो। किन्तु एक बात और विचार लो— क्या कोशल के लोग जब मेरी यहअवस्थासुनेंगे तो अजात को और शीघ्र मुक्त कर देने के बदले कोई दूसरा कांड न उपस्थित करें !

छलना – तब क्या होगा ?

वासवी – जो होगा वह तो भविष्य के गर्भ में है, किन्तु मुझे एक बार कोशल अनिच्छा-पूर्वक भी जाना ही होगा और अजात को ले आने की चेष्टा करनी ही होगी।

छलना – यह और भी अच्छी रही—जो हाथ का है उसे भी जाने दूँ ! क्यों वासवी ! पद्मावती को पढ़ा रही हो !

वासवी – बहिन छलना ! मुझे तुम्हारी बुद्धि पर खेद होता है। क्या मैं अपने प्राणों को डरती हूँ ; या सुख - भोग के लिए जा रही हूँ ? ऐसी अवस्था में आर्यपुत्र को मैं छोड़कर चली जाऊँगी, ऐसा भी तुम्हें अब तक विश्वास है ? मेरा उद्देश्य केवल विवाद मिटाने का है।

छलना – इसका प्रमाण ?

वासवी – प्रमाण आर्यपुत्र हैं। छलना, चौंको मत। तुम भी उन्हीं की परिणीता पत्नी हो, तब भी, तुम्हारे विश्वास के लिये मैं उन्हें तुम्हारी देख - रेख में छोड़ जाऊँगी। हाँ, इतनी प्रार्थना है कि उन्हें कोई कष्ट न होने पावे, और क्या कहूँ, वे ही तुम्हारे भी पति हैं। हाँ, देवदत्त को मुक्त कर दो। चाहे इसने कितना भी हम लोगों का अनिष्टचिन्तन किया हो, फिर भी परिव्राजक मार्जनीय है।

छलना – (प्रहरियों से) – छोड़ दो इसको, फिर काला मुख मगध में न दिखावे। **(प्रहरी छोड़ते हैं, देवदत्त जाता है)**

वासवी -देखो, राज्य में आतंक न फैलने पावे। दृढ़ होकर मगध का शासन करना! किसी को कष्ट भी न हो और प्यारी छलना ! यदि हो सके तो आर्य-पुत्र की सेवा करके नारीजन्म सार्थक कर लेना।

छलना – वासवी ! बहिन ! – **(रोने लगती है) –** मेरा कुणीक मुझे दे दो, मैं भीख माँगती हूँ। मैं नहीं जानती थी कि निसर्ग से इतनी करुणा और इतना स्नेह, सन्तान के लिये, इस हृदय में सञ्चित था। यदि जानती होती तो इस निष्ठुरता का स्वांग न करती।

वासवी – रानी ! यही जो जानती कि नारी का हृदय कोमलता का पालना

है, दया का उद्गम है, शीतलता की छाया है और अनन्य भक्ति का आदर्श है, तो पुरुषार्थ का ढोंग क्यों करती। रो मत बहिन ! मैं जाती हूँ, तू यही समझ कि कुणीक नानिहाल गया है।

छलना – तुम जानो।

[पट - परिवर्तन]

दूसरा दृश्य

स्थान – कोशल राजमहल से लगा हुआ बन्दीगृह

(बाजिरा का प्रवेश)

बाजिरा – (आप ही आप) – क्या विप्लव हो रहा है ! प्रकृति से विद्रोह करके नये साधनों के लिये कितना प्रयास होता है ! अन्धी जनता अँधेरे में दौड़ रही है। इतनी छीना-झपटी, इनता स्वार्थ - साधन कि सहज-प्राप्य अन्तरात्मा के सुख-शान्ति को भी लोग खो बैठते हैं ! भाई भाई से लड़ रहा है, पुत्र पिता से विद्रोह कर रहा है, स्त्रियाँ पतियों पर प्रेम नहीं किन्तु शासन करना चाहती हैं ! मनुष्य मनुष्य के प्राण लेने के लिये शस्त्रकला को प्रधान गुण समझने लगा है और उन गाथाओं को लेकर कवि कविता करते हैं ! बर्बर रक्त में और भी उष्णता उत्पन्न करते हैं ! राजमन्दिर बन्दीगृह में बदल गए हैं ! कभी सौहार्द से जिसका आतिथ्य कर सकते थे उसे बन्दी बनाकर रखा है ! सुन्दर राजकुमार ! कितनी सरलता और निर्भीकता इस विशाल भाल पर अंकित है ! अहा ! जीवन धन्य हो गया है। अन्तःकरण में एक नवीन स्फूर्ति हो गई है। एक नवीन संसार इसमें बन गया है। यही यदि प्रेम है तो अवश्य स्पृहणीय है, जीवन की सार्थकता है ; कितनी सहानुभूति, कितना कोमलता का आनन्द मिलने लगा है ! **(ठहर कर सोचती हुई)** एक दिन पिताजी का पैर पकड़ कर प्रार्थना करूँगी कि इस बन्दी को छोड़ दो। किसी राष्ट्र का शासक होने के बदले इसे प्रेम के शासन में रहने से मैं प्रसन्न रहूँगी। मनोरम सुकुमार वृत्तियों का छायापूर्ण हृदय में आविर्भाव तिरोभाव होते देखूँगी और आँख बन्द कर लूँगी।

(गाना)

हमारे जीवन का उल्लास, हमारे जीवन-धन का रोष।
हमारी करुणा के दो बूँद, मिले एकत्र, हुआ सन्तोष।।
दृष्टि को कुछ भी रुकने दो, न यों चमका दो अपनी कान्ति।
देखने दो क्षण भर भी तो, मिले सौंदर्य देकर शान्ति।।

नहीं तो निष्ठुरता का अन्त, चला दो चपल नयन के वाण।
हृदय छिद जाय विकल बेहाल, वेदना से हो उसका त्राण।।
(खिड़की खुलती है, बन्दी अजातशत्रु दिखाई देता है)

अजातशत्रु — इस श्यामा रजनी में चंद्रमा की सुकुमार किरण-सी तुम कौन हो ? सुन्दरी, कई दिन मैंने देखा, मुझे भ्रम हुआ कि यह स्वप्न है ! किन्तु नहीं, अब मुझे विश्वास हुआ है कि भगवान ने करुणा की मूर्ति मेरे लिये भेजी है और इस बन्दीगृह में भी कोई उसकी अप्रकट इच्छा कौशल कर रही है।

बाजिरा — राजकुमार ! मेरा परिचय पाने पर तुम घृणा करोगे और फिर मेरे आने पर मुँह फेर लोगे–तब मैं बड़ी व्यथित रहूँगी ! हम लोग इसी तरह अपरिचित रहें। अभिलाषाएँ नये रूप बदलें, किन्तु वे नीरव रहें। उन्हें बोलने का अधिकार न हो ! बस, तुम हमें एक करुण दृष्टि से देखो और मैं कृतज्ञता के फूल तुम्हारे चरणों पर चढ़ाकर चली जाया करूँगी !

अजातशत्रु — सुन्दरी ! यह अभिनय कई दिन हो चुका, अब धैर्य नहीं रुकता है। तुम्हें अपना परिचय देना ही होगा।

बाजिरा — राजकुमार ! मेरा परिचय पाकर तुम सन्तुष्ट न होगे, नहीं तो मैं छिपाती क्यों ?

अजातशत्रु — तुम चाहे प्रसेनजित् की ही कन्या क्यों न हो ; किन्तु मैं तुमसे असन्तुष्ट न हूँगा; मेरी समस्त श्रद्धा अकारण तुम्हारे चरणों पर लोटने लगी है सुन्दरी;

बाजिरा — मैं वही हूँ राजकुमार ! कोशल की राजकुमारी। मेरा ही नाम बाजिरा है।

अजातशत्रु — सुनता था कि प्रेम द्रोह को पराजित करता है। आज विश्वास भी हो गया। तुम्हारे उदार प्रेम ने मेरे विद्रोही हृदय को विजित कर लिया। अब यदि कोशलनरेश मुझे बन्दी गृह से छोड़ दें तब भी...

बाजिरा — तब भी क्या ?

अजातशत्रु — मैं कैसे जा सकूँगा ?

बाजिरा — (ताली निकालकर जँगला खोलती है, अजात बाहर आता है) अब तुम जा सकते हो। पिता की सारी झिड़कियाँ मैं सुन लूँगी। उनका समस्त क्रोध मैं अपने वक्ष पर वहन करूँगी। राजकुमार, अब तुम मुक्त हो, जाओ!

अजातशत्रु — यह तो नहीं हो सकता। इस उपकार के प्रतिफल में तुम्हें अपने पिता से तिरस्कार और भर्त्सना ही मिलेगी। शुभे! अब यह तुम्हारा चिरबन्दी मुक्त होने की चेष्टा भी न करेगा।

बाजिरा – प्रिय राजकुमार ! तुम्हारी इच्छा ; किन्तु फिर मैं अपने को रोक न सकूँगी और हृदय की दुर्बलता या प्रेम की सबलता मुझे व्यथित करेगी।

अजातशत्रु – राजकुमारी ! तो हम लोग एक दूसरे को प्यार करने के अयोग्य हैं, ऐसा कोई मूर्ख भी न कहेगा।

बाजिरा – तब प्राणनाथ ! मैं अपना सर्वस्व तुम्हें समर्पण करती हूँ। – **(अपनी माला पहनाती है)**

अजातशत्रु – मैं अपने समेत उसे तुम्हें लौटा देता हूँ प्रिये ! हम तुम अभिन्न हैं। यह जंगली हिरन–इस स्वर्गीय संगीत पर–चौकड़ी भरना भूल गया है। अब यह तुम्हारे प्रेम-पाश में पूर्ण रूप से बद्ध है। – **(अँगूठी पहनाता है)**

(कारायण का सहसा प्रवेश)

कारायण – यह क्या ! बन्दीगृह में प्रेमलीला। राजकुमारी ! तुम कैसे यहां आई हो ? क्या राजनियम की कठोरता भूल गई हो ?

बाजिरा – इसका उत्तर देनेके लिए मैं बाध्य नहीं हूँ।

कारायण – किन्तु यह कांड एक उत्तर की आशा करता है। वह मुझे नहीं तो महाराज के समक्ष देना ही होगा। बन्दी, तुमने ऐसा क्यों किया ?

अजातशत्रु – मैं तुमको उत्तर नहीं देना चाहता। तुम्हारे महाराज से मेरी प्रतिद्वन्द्विता है–उनके सेवकों से नहीं।

कारायण – राजकुमारी ! मैं कठोर कर्तव्य के लिये बाध्य हूँ। इस बन्दी राजकुमार को ढिठाई की शिक्षा देनी ही होगी।

बाजिरा – क्यों ? बन्दी भाग तो गया नहीं, भागने का प्रयास भी उसने नहीं किया; फिर ?

कारायण – फिर ? आह ! मेरी समस्त आशाओं पर तुमने पानी फेर दिया ! भयानक प्रतिहिंसा मेरे हृदय में जल रही है; उस युद्ध में मैंने तुम्हारे लिये ही...

बाजिरा – सावधान ! कारायण, अपनी जीभ सम्हालो।

अजातशत्रु – कारायण ! यदि तुम्हें अपने बाहुबल पर भरोसा हो तो मैं तुमको द्वन्द-युद्ध के लिये आह्वान करता हूँ।

कारायण–मुझे स्वीकार है, यदि राजकुमारी की प्रतिष्ठा पर आँच न पहुँचे। क्योंकि मेरे हृदय में अभी भी स्थान है। क्यों राजकुमारी, क्या कहती हो ?

अजातशत्रु – तब और किसी समय। मैं अपने स्थान पर जाता हूँ। जाओ राजनन्दिनी !

बाजिरा – किन्तु कारायण ! मैं आत्मसमर्पण कर चुकी हूँ।

कारायण – यहाँ तक ! कोई चिन्ता नहीं। इस समय तो चलिये, क्योंकि महाराज आया ही चाहते हैं।

(अजात अपने जँगले में जाता है, एक ओर कारायण और राजकुमारी बाजिरा जाते हैं, दूसरी ओर से वासवी और प्रसेनजित् का प्रवेश)

प्रसेनजित् – क्यों कुणीक, अब क्या इच्छा है ?

वासवी – न न, भाई ! खोल दो। इसे मैं इस तरह देखकर बात नहीं कर सकती। मेरा बच्चा कुणीक ...!

प्रसेनजित् – बहिन ! जैसा कहो। **(खोल देता है, वासवी अंक में ले लेती है।)**

अजातशत्रु – कौन ! विमाता ? नहीं, तुम मेरी माँ हो ! माँ ! इतनी ठंढी गोद तो मेरी माँ की भी नहीं है। आज मैंने जननी की शीतलता का अनुभव किया। मैंने तुम्हारा बड़ा अपमान किया है, माँ ! क्या तुम क्षमा करोगी ?

वासवी – वत्स कुणीक ! वह अपमान भी क्या अब मुझे स्मरण है। तुम्हारी माता, तुम्हारी माँ नहीं है, मैं तुम्हारी माँ हूँ। वह तो डाइन है, उसने मेरे सुकुमार बच्चे को बन्दी-गृह में भेज दिया ! भाई, मैं इसे शीघ्र मगध के सिंहासन पर भेजना चाहती हूँ, तुम इसके जाने का प्रबन्ध कर दो।

अजातशत्रु – नहीं माँ, अब कुछ दिन उस विषैली वायु से अलग रहने दो। तुम्हारी शीतल छाया का विश्राम मुझसे अभी नहीं छोड़ा जायगा।

(घुटने टेक देता है, वासवी अभय का हाथ रखती है)

(पट - परिवर्तन)

तीसरा दृश्य

स्थान – कानन का प्रान्त

विरुद्धक – आर्द्र हृदय में करुण कल्पना के समान आकाश में कादम्बिनी घिरी आ रही है। पवन के उन्मत्त आलिंगन से तरुराजि सिहर उठती है। झुलसी हुई कामनाएँ मन में अंकुरित हो रही हैं। क्यों ? जलदागमन से आह !

अलका की किस विकल विरहिणी की पलकों का ले अवलम्ब,
सुखी सो रहे थे इतने दिन, कैसे हे नीरद निकुरम्ब !
बरस पड़े क्यों आज अचानक सरसिज कानन का संकोच,
अरे जलद में भी यह ज्वाला ! झुके हुए क्यों किसका सोच ?
किस निष्ठुर ठण्ढे हृत्तल में जमे रहे तुम बर्फ समान ?
पिघल रहे हो किस गर्मी से ! हे करुणा के जीवन प्रान !
चपला की व्याकुलता लेकर चातक का ले करुण विलाप,
तारा-आँसू पोंछ गगन के रोते हो किस दुख से आप ?

किस मानस-निधि में न बुझा था बड़वानल जिससे बन भाप,
प्रणय-प्रभाकर-कर से चढ़कर इस अनन्त का करते माप
क्यों जुगनू का दीप जला, है पथ में पुष्प और आलोक।
किस समाधि पर बरसे आँसू किसका है यह शीतल शोक?
थके प्रवासी बनजारों से लौटे हो मन्थर गति से;
किस अतीत की प्रणय-पिपासा जगती चपला-सी स्मृति से?

(मल्लिका का प्रवेश)

मल्लिका – तुम्हें सुखी देखकर मैं सन्तुष्ट हुई कुमार!

विरुद्धक – मल्लिका! मैं तो आज टहलता-टहलता कुटी से इतनी दूर चला आया हूँ। अब तो मैं सबल हो गया, तुम्हारी इस सेवा से मैं जीवन भर उऋण नहीं हूँगा।

मल्लिका – अच्छा किया। तुम्हें स्वस्थ देखकर मैं बहुत प्रसन्न हुई। अब तुम अपनी राजधानी को लौट जा सकते हो।

विरुद्धक – मुझे तुमसे बहुत कुछ कहना है। मेरे हृदय में बड़ी खलबली है। यह तो तुम्हें विदित था कि सेनापति बन्धुल को मैंने ही मारा है; और उसी की तुमने इतनी सेवा की? इससे क्या मैं समझूँ? क्या मेरी शंका निर्मूल नहीं है? कह दो मल्लिका?

मल्लिका – विरुद्धक? तुम उसका मनमाना अर्थ लगाने का भ्रम मत करो। तुमने समझा होगा कि मल्लिका का हृदय कुछ विचलित है; छिः! तुम राजकुमार हो न, इसीलिये। अच्छी बात क्या तुम्हारे मस्तिष्क में कभी आई ही नहीं? मल्लिका उस मिट्टी की नहीं है, जिसकी तुम समझते हो।

विरुद्धक – किन्तु मल्लिका! अतीत में तुम्हारे ही लिये मेरा वर्तमान बिगड़ा। पिता ने जब तुमसे मेरा ब्याह करना अस्वीकार किया, उसी समय से मैं पिता के विरुद्ध हुआ और उसी विरोध का यह परिणाम हुआ।

मल्लिका – इसके लिए मैं कृतज्ञ नहीं हो सकती। राजकुमार! तुम्हारा कलंकी जीवन भी बचाना मैंने अपना धर्म समझा। और यह मेरी विश्वमैत्री की परीक्षा थी। जब इसमें मैं उत्तीर्ण हो गई तब मुझे अपने पर विश्वास हुआ। विरुद्धक, तुम्हारा रक्त-कलुषित हाथ मैं छू भी नहीं सकती। तुमने कपिलवस्तु के निरीह प्राणियों का, किसी की भूल पर, निर्दयता से वध किया; तुमने पिता से विद्रोह किया, विश्वासघात किया; एक वीर को छल से मार डाला और अपने देश के, जन्मभूमि के, विरुद्ध अस्त्र ग्रहण किया! तुम्हारे ऐसा नीच और कौन होगा? किन्तु यह सब जानकर भी मैं तुम्हें रणक्षेत्र से सेवा के लिए उठा लाई।

विरुद्धक – तब क्यों नहीं मर जाने दिया ? क्यों इस कलंकी जीवन को बचाया–और अब... ।

मल्लिका – तुम इसलिए नहीं बचाये गये कि फिर भी एक विरक्त नारी पर बलात्कार और लम्पटता का अभिनय करो । जीवन इस लिये मिला है कि पिछले कुकर्मों का प्रायश्चित्त करो । अपने को सुधारो ।

(श्यामा का प्रवेश)

श्यामा–और भी एक भयानक अभियोग है–इस नर राक्षस पर! इसने इस विश्वास करने वाली स्त्री पर अत्याचार किया है, उसकी हत्या की है; शैलेन्द्र ?

विरुद्धक – अरे श्यामा !

श्यामा – हाँ शैलेन्द्र, तुम्हारी नीचता का प्रत्यक्ष उदाहरण मैं अभी जीवित हूँ । निर्दय! चाण्डाल के समान क्रूर कर्म तुमने किया । ओह, जिसके लिये मैंने अपना सब कुछ छोड़ दिया, अपने वैभव पर ठोकर लगा दी, उसका ऐसा आचरण; प्रतिहिंसा और पश्चात्ताप से सारा शरीर भस्म हो रहा है !

मल्लिका – विरुद्धक ! यह क्या, जो रमणी तुम्हें प्यार करती है, जिसने सर्वस्व तुम्हें अर्पण किया था, उसे भी तुम न चाह सके ! तुम कितने क्षुद्र हो ? तुम तो स्त्रियों की छाया भी छू सकने के योग्य नहीं ।

विरुद्धक – मैं इसे वेश्या समझता था ।

श्यामा – और मैं तुम्हें डाकू समझने पर भी चाहने लगी थी ! इतना तुम्हारे ऊपर मेरा विश्वास था । तब मैं नहीं जानती थी कि तुम कोशल के राजकुमार हो!

मल्लिका – यदि तुम प्रेम का प्रतिदान नहीं जानते हो तो व्यर्थ एक सुकुमार नारी-हृदय को लेकर उसे पैरों से क्यों रौंदते हो ? विरुद्धक! क्षमा माँगों; यदि हो सके तो इसे अपनाओ!

श्यामा-नहीं देवि! अब मैं आपकी सेवा करूँगी, राजसुख मैं बहुत भोग चुकी हूँ । अब मुझे राजकुमार विरुद्धक का सिंहासन भी अभीष्ट नहीं है, मैं तो शैलेन्द्र डाकू को चाहती थी ।

विरुद्धक-श्यामा, अब मैं सब तरह से प्रस्तुत हूँ और क्षमा भी माँगता हूँ ।

श्यामा – अब तुम्हें तुम्हारा हृदय अभिशाप देगा, यदि मैं क्षमा भी कर दूँ । किन्तु नहीं, विरुद्धक ! अभी मुझमें उतनी सहनशीलता नहीं है ।

मल्लिका – राजकुमार !जाओ, कोशल लौट जाओ; और,यदि तुम्हें अपने पिता के पास जाने में डर लगता हो तो मैं तुम्हारी ओर से क्षमा माँगूँगी । मुझे विश्वास है कि महाराज मेरी बात मानेंगे ।

विरुद्धक – उदारता की मूर्त्ति ! मैं किस तरह तुमसे, तुम्हारी कृपा से,

अपने प्राण बचाऊँ !देवि, ऐसे भी जीव इस संसार में हैं, तभी तो यह भ्रम-पूर्ण संसार ठहरा है। (**पैरों पर गिरता है**) – देवि ! अधम का अपराध क्षमा करो।

मल्लिका – उठो राजकुमार !चलो, मैं भी श्रावस्ती चलती हूँ। महाराज प्रसेनजित् से तुम्हारे अपराधों को क्षमा करा दूँगी, फिर इस कोशल को छोड़कर चली जाऊँगी। श्यामा, तब तक तुम इस कुटीर पर रहो, मैं आती हूँ। –(**दोनों जाते हैं**)

श्यामा – जैसी आज्ञा। –(**स्वगत**) – जिसे काल्पनिक देवत्व कहते हैं – वही तो सम्पूर्ण मनुष्यता है। मागन्धी, धिक्कार है तुझे !

(गाती है)

स्वर्ग है नहीं दूसरा और।
सज्जन हृदय परम करुणामय यही एक है ठौर॥
सुधा-सलिल से मानस जिसका पूरित प्रेम-विभोर।
नित्य कुसुममय कल्पद्रुम की छाया है इस ओर॥ स्वर्ग है –

[पट - परिवर्तन]

चौथा दृश्य

स्थान – प्रकोष्ठ

(दीर्घकारायण और रानी शक्तिमती)

शक्तिमती – बाजिरा सपत्नी-कन्या है, मेरा तो कुछ वश नहीं, और तुम जानते हो कि मैं इस समय कोशल की कंकड़ी से भी गई बीती हूँ। किन्तु कोशल के सेनापति कारायण का अपमान करे, ऐसा तो...

कारायण – रानी ! हम इधर से भी गये और उधर से भी गये ! विरुद्धक को भी मुँह दिखाने लायक न रहे और बाजिरा भी न मिली !

शक्तिमती – तुम्हारी मूर्खता। जब मगध के युद्ध में मैंने तुम्हें सचेत किया था तब तुम धर्मध्वज बन गये थे; और हमारे बच्चे को धोखा दिया ! अब सुनती हूँ कि **वह उदयन के हाथ से घायल हुआ है**। उसका पता भी नहीं है।

कारायण –मैं विश्वास दिलाता हूँ कि कुमार **विरुद्धक** अभी जीवित हैं। **वह शीघ्र कोशल आवेंगे**।

शक्तिमती – किन्तु तुम इतने डरपोक और सहनशील दास हो, मैं ऐसा नहीं समझती थी। जिसने तुम्हारे मातुल का बध किया, उसी की सेवा करके अपने को धन्य समझ रहे हो ! तुम इतने कायर हो, यदि मैं पहले जानती।

कारायण – तब क्या करतीं ? अपने स्वामी की हत्या करके अपना गौरव, अपनी विजय-घोषणा स्वयं सुनातीं ?

शक्तिमती – यदि पुरुष इन कामों को कर सकता है तो स्त्रियाँ क्यों न करें ? क्या उन्हें अन्तःकरण नहीं है ? क्या स्त्रियाँ अपना कुछ अस्तित्व नहीं रखतीं ? क्या उनका जन्म-सिद्ध कोई अधिकार नहीं है ? क्या स्त्रियों का सब कुछ, पुरुषों की कृपा से मिली हुई भिक्षा मात्र है ?

मुझे इस तरह पदच्युत करने का किसी को क्या अधिकार था ?

कारायण – स्त्रियों के संगठन में, उनके शारीरिक और प्राकृतिक विकास में ही, एक परिवर्तन है-जो स्पष्ट बतलाता है कि वे शासन कर सकती हैं, किन्तु अपने हृदय पर। वे अधिकार जमा सकती हैं उन मनुष्यों पर–जिन्होंने समस्त विश्व पर अधिकार किया हो। वे मनुष्य पर राजरानी के समान एकाधिपत्य रख सकती हैं, तब उन्हें इस दुरभिसन्धि की क्या आवश्यकता है–जो केवल सदाचार और शान्ति को ही नहीं शिथिल करती, किन्तु उच्छृंखलता को भी आश्रय देती है !

शक्तिमती – फिर बार-बार यह अवहेलना कैसी ? यह बहाना कैसा ? हमारी असमर्थता सूचित करा कर हमें और भी निर्मूल आशंकाओं में छोड़ देने की कुटिलता क्यों है ? क्या हम पुरुष के समान नहीं हो सकतीं ? क्या चेष्टा करके हमारी स्वतंत्रता नहीं पददलित की गई ? देखो, जब गौतम ने स्त्रियों को भी प्रव्रज्या लेने की आज्ञा दी, तब क्या वे ही सुकुमार स्त्रियाँ परिव्राजिका के कठोर व्रत को अपनी सुकुमार देह पर नहीं उठाने का प्रयास करतीं ?

कारायण – किन्तु यह साम्य और परिव्राजिका होने की विधि भी तो उन्हीं पुरुषों में से किसी ने फैलाई है। स्वार्थत्याग के कारण वे उसकी घोषणा करने में समर्थ हुए, किन्तु समाज भर में न तो स्वार्थी स्त्रियों की कमी है न पुरुषों की; और, सब एक हृदय के हैं भी नहीं, फिर पुरुषों पर ही आक्षेप क्यों ? जितनी अन्तःकरण की वृत्तियों का विकास सदाचार का ध्यान करके होता है–उन्हीं को जनता कर्तव्य का रूप देती है। मेरी प्रार्थना है कि तुम भी उन स्वार्थी मनुष्यों की कोटि में मिलकर बवंडर न बनो।

शक्तिमती – तब क्या करूँ ?

कारायण – विश्व-भर में सब कर्म सबके लिये नहीं हैं, इसमें कुछ विभाग हैं अवश्य। सूर्य अपना काम जलता-बलता हुआ करता है और चन्द्रमा उसी आलोक को शीतलता से फैलाता है। क्या उन दोनों से परिवर्तन हो सकता है ? मनुष्य कठोर परिश्रम करके जीवन-संग्राम में प्रकृति पर यथाशक्ति अधिकार करके भी एक शासन चाहता है, जो उसके जीवन का परम ध्येय है, उसका एक

शीतल विश्राम है। और वह, स्नेह-सेवा-करुणा की मूर्ति तथा सान्त्वना के अभय-वरद हस्त का आश्रय, मानव-समाज की सारी वृत्तियों की कुंजी, विश्व-शासन की एकमात्र अधिकारिणी प्रकृति-स्वरूपा स्त्रियों के सदाचारपूर्ण स्नेह का शासन है। उसे छोड़कर असमर्थता, दुर्बलता प्रकट करके इस दौड़धूप में क्यों पड़ती हो देवि! तुम्हारे राज्य की सीमा विस्तृत है, और पुरुष की संकीर्ण। कठोरता का उदाहरण है पुरुष, और कोमलता का विश्लेषण है-स्त्री-जाति। पुरुष क्रूरता है तो स्त्री करुणा है-जो अन्तर्जगत् का उच्चतम विकास है, जिसके बल पर समस्त सदाचार ठहरे हुए हैं। इसीलिये प्रकृति ने उसे इतना सुन्दर और मन-मोहन आवरण दिया है-रमणी का रूप। संगठन और आधार भी वैसे ही हैं। उन्हें दुरुपयोग में न ले आओ। क्रूरता अनुकरणीय नहीं है, उसे नारी जाति जिस दिन स्वीकृत कर लेगी, उस दिन समस्त सदाचारों में विप्लव होगा। फिर कैसी स्थिति होगी, यह कौन कह सकता है।

शक्तिमती – फिर क्या पदच्युत करके मैं अपमानित और पद दलित नहीं की गई? क्या-यह ठीक था?

कारायण – पदच्युत होने का अनुभव करना भी एक दम्भमात्र है। देवि! एक स्वार्थी के लिये समाज दोषी नहीं हो सकता। क्या मल्लिकादेवी का उदाहरण कहीं दूर है! वही लोलुप नर-पिशाच मेरा और आपका स्वामी, कोशल का सम्राट, क्या-क्या उनके साथ कर चुका है, यह क्या आप नहीं जानती? फिर भी उनकी सती-सुलभ वास्तविकता देखिये और अपनी कृत्रिमता से तुलना कीजिये।

शक्तिमती – (**सोचती हुई**) हाँ कारायण! यहाँ तो मुझे सिर झुकाना ही पड़ेगा।

कारायण – देवि! मैं एक दिन में इस कोशल को उलट-पलट देता, छत्र-चमर लेकर हठात् विरुद्धक को सिंहासन पर बैठा देता, किन्तु मन के बिगड़ने पर भी मल्लिकादेवी का शासन मुझे सुमार्ग से न हटा सका, और आप देखेंगी कि शीघ्र ही कोशल के सिंहासन पर राजकुमार विरुद्धक बैठेंगे, परन्तु आपकी मन्त्रणा के प्रतिकूल।

(विरुद्धक और मल्लिका)

शक्तिमती –आर्या मल्लिका को मैं अभिवादन करती हूँ।

कारायण –मैं नमस्कार करता हूँ।

(विरुद्धक माता का चरण छूता है)

मल्लिका – शान्ति मिले, विश्व शीतल हो। बहिन, क्या तुम अब भी राजकुमार को उत्तेजित करके उसे मनुष्यता से गिराने की चेष्टा करोगी? तुम

जननी हो, तुम्हारा प्रसन्न मातृभाव क्या तुम्हें इसीलिए उत्साहित करता है ? क्या क्रूर विरुद्धक को देखकर तुम्हारी अन्तरात्मा लज्जित नहीं होती ?

शक्तिमती —वह मेरी भूल थी देवि ! क्षमा करना । वह बर्बरता का उद्रेक था—पाशव-वृत्ति की उत्तेजना थी ।

मल्लिका —चन्द्र, सूर्य, शीतल, उष्ण, क्रोध, करुणा, द्वेष, स्नेह का द्वन्द्व संसार का मनोहर दृश्य है । रानी ! स्त्री और पुरुष भी उसी विलक्षण नाटक के अभिनेता हैं । स्त्रियों का कर्तव्य है कि पाशववृत्तिवाले क्रूरकर्मा पुरुषों को कोमल और करुणाप्लुत करें, कठोर पौरुष के अनन्तर उन्हें जिस शिक्षा की आवश्यकता है—उस स्नेह, शीतलता, सहनशीलता और सदाचार का पाठ उन्हें स्त्रियों से ही सीखना होगा । हमारा यह कर्तव्य है । व्यर्थ स्वतन्त्रता और समानता का अहंकार करके उस अपने अधिकार से हमको वंचित न होना चाहिये । चलो, आज अपने स्वामी से क्षमा माँगो । सुना जाता है कि अजात और बाजिरा का ब्याह होनेवाला है, तुम भी उस उत्सव में अपने घर को सूना मत रक्खो ।

शक्तिमती —आपकी आज्ञा शिरोधार्य है देवि !

कारायण —तो मैं भी आज्ञा चाहता हूँ; क्योंकि मुझे शीघ्र ही पहुँचना चाहिये। देखिये, वैतालिकों की वीणा बजने लगी । सम्भवत: महाराज शीघ्र सिंहासन पर आया चाहते हैं । —(**राजकुमार विरुद्धक से**) —राजकुमार, मैं आपसे भी क्षमा चाहता हूँ; क्योंकि आप जिस विद्रोह के लिये मुझे आज्ञा दे गये थे, मैं उसे करने में असमर्थ था— अपने राष्ट्र के विरुद्ध यदि आप अस्त्र ग्रहण न करते तो सम्भवत: मैं आपका अनुगामी हो जाता; क्योंकि मेरे हृदय में भी प्रतिहिंसा थी । किन्तु वैसा न हो सका । उसमें मेरा अपराध नहीं ।

विरुद्धक —उदार सेनापति, मैं हृदय से तुम्हारी प्रशंसा करता हूँ और स्वयं तुमसे क्षमा माँगता हूँ ।

कारायण —मैं सेवक हूँ युवराज !

(जाता है)

[पट-परिवर्तन]

पाँचवाँ दृश्य

स्थान—कोशल की राजसभा

(वर-वधू के वेष में अजातशत्रु और बाजिरा तथा प्रसेनजित्, शक्तिमती, मल्लिका, विरुद्धक , वासवी और कारायण का प्रवेश)

मल्लिका —बधाई है महाराज ! यह शुभ सम्बन्ध आनन्दमय हो !

प्रसेनजित् —देवि ! आपकी असीम अनुकम्पा है, जो मुझसे अधम व्यक्ति पर इतना स्नेह ! पतितपावनी, तुम धन्य हो !

मल्लिका —किन्तु महाराज ! मेरी एक प्रार्थना है।

प्रसेनजित् —आपकी आज्ञा शिरोधार्य्य है भगवती !

मल्लिका —इस आपकी पत्नी, परित्यक्ता शक्तिमती का क्या दोष है? इस शुभ अवसर पर यह विवाद उठाना यद्यपि ठीक नहीं है, तो भी...

प्रसेनजित् —इसका प्रमाण तो यह स्वयं है। उसने क्या-क्या नहीं किया—यह क्या किसी से छिपा है?

मल्लिका —किन्तु इसके मूल कारण तो महाराज ही हैं। यह तो अनुकरण करती रही—यथा राजा तथा प्रजा—जन्म लेना तो इसके अधिकार में नहीं था, फिर आप इस अबला पर क्यों ऐसा दंड-विधान करते हैं?

प्रसेनजित् —मैं इसका क्या उत्तर दूँ देवि !

शक्तिमती —वह मेरा ही अपराध था आर्यपुत्र ! क्या उसके लिये क्षमा नहीं मिलेगी – मैं अपने कृत्यों पर पश्चात्ताप करती हूँ। अब मेरी सेवा मुझे मिले, उससे मैं वञ्चित न होऊँ, यह मेरी प्रार्थना है।

(प्रसेनजित् मल्लिका का मुँह देखता है)

मल्लिका —क्षमा करना ही होगा महाराज ! और उसका बोझ मेरे सिर पर होगा। मुझे विश्वास है कि यह प्रार्थना निष्फल न होगी।

प्रसेनजित् —मैं उसे कैसे अस्वीकार कर सकता हूँ।

(शक्तिमती को हाथ पकड़ कर उठाता है)

मल्लिका —मैं कृतज्ञ हुई सम्राट् ! क्षमा से बढ़ कर दंड नहीं है, और आपकी राष्ट्रनीति इसी का अवलम्बन करे, मैं यही आशीर्वाद देती हूँ। किन्तु एक बात और भी है।

प्रसेनजित् —वह क्या ?

मल्लिका —मैं आज अपना सब बदला चुकाना चाहती हूँ, मेरा भी कुछ अभियोग है।

प्रसेनजित् –वह बड़ा भयानक है ! देवि, उसे तो आप क्षमा कर चुकी हैं; अब ?

मल्लिका –तब आप यह स्वीकार करते हैं कि भयानक अपराध भी क्षमा कराने का साहस मनुष्य को होता है।

प्रसेनजित् –विपन्न की यही आशा है। तब भी....

मल्लिका –तब भी ऐसा अपराध क्षमा किया जाता है, क्यों सम्राट्?

प्रसेनजित् –मैं क्या कहूँ? इसका उदाहरण तो मैं स्वयं हूँ?

मल्लिका –तब यह राजकुमार विरुद्धक भी क्षमा का अधिकारी है।

प्रसेनजित् –किन्तु वह राष्ट्र का द्रोही है, क्यों धर्माधिकारी, उसका क्या दंड है?

धर्माधिकारी – **(सिर नीचा कर)** –महाराज !–

मल्लिका –राजन्, विद्रोही बनाने के कारण भी आप ही हैं। बनाने पर विरुद्धक राष्ट्र का एक सच्चा शुभचिन्तक हो सकता था। और इससे क्या, मैं तो स्वीकार करा चुकी हूँ कि भयानक अपराध भी मार्जनीय होते हैं।

प्रसेनजित् –तब विरुद्धक को क्षमा किया जाय।

विरुद्धक – पिता, मेरा अपराध कौन क्षमा करेगा ! पितृद्रोही को कौन ठिकाना देगा? मेरी आँखें लज्जा से ऊपर नहीं उठतीं। मुझे राज्य नहीं चाहिये; चाहिये केवल आपकी क्षमा। पृथ्वी के साक्षात् देवता ! मेरे पिता ! मुझ अपराधी पुत्र को क्षमा कीजिये।

(चरण पकड़ता है)

प्रसेनजित् –धर्माधिकारी ! पिता का हृदय इतना सदय होता है कि नियम उसे क्रूर नहीं बना सकता। मेरा पुत्र मुझसे क्षमा-भिक्षा चाहता है धर्मशास्त्र के उस पत्र को उलट दो, मैं एक बार अवश्य क्षमा कर दूँगा। उसे न करने से मैं पिता नहीं रह सकता, मैं जीवित नहीं रह सकता।

धर्माधिकारी –किन्तु महाराज ! व्यवस्था का भी कुछ मान रखना चाहिये।

प्रसेनजित् – यह मेरा त्याज्य पुत्र है। किन्तु अपराध का मृत्युदंड, नहीं-नहीं वह किसी राक्षस पिता का काम है। वत्स विरुद्धक ! उठो, मैं तुम्हें क्षमा करता हूँ।

(विरुद्धक को उठाता है)

(बुद्ध का प्रवेश)

सब –भगवान के चरणों में प्रणाम।

गौतम – विनय और शील की रक्षा करने में सब दत्तचित्त रहें जिससे प्रजा

का कल्याण हो-करुणा की विजय हो। आज मुझे सन्तोष हुआ, कोशल-नरेश। तुमने अपराधी को क्षमा करना सीख लिया, यह राष्ट्र के लिये कल्याणकी बात हुई। फिर भी तुम इसे त्याज्य पुत्र क्यों कह रहे हो?

प्रसेनजित् — महाराज, यह दासी-पुत्र है, सिंहासन का अधिकारी नहीं हो सकता।

गौतम —यह दम्भ तुम्हारा प्राचीन संस्कार है। क्यों राजन्! क्या दास, दासी, मनुष्य नहीं हैं? क्या कई पीढ़ी ऊपर तक तुम प्रमाण दे सकते हो कि सभी राजकुमारियों की ही सन्तान इस सिंहासन पर बैठी हैं, या प्रतिज्ञा करोगे कि कई पीढ़ी आने वाली तक दास-पुत्र इस पर न बैठने पावेंगे? यह छोटे-बड़े का भेद क्या अभी इस संकीर्ण हृदय में इस तरह घुसा है कि निकल नहीं सकता? क्या जीवन की वर्तमान स्थिति देख कर प्राचीन अन्धविश्वासों को, जो न जाने किस कारण होते आये हैं, तुम बदलने के लिये प्रस्तुत नहीं हो? क्या इस क्षणिक भव में तुम अपनी स्वतंत्र सत्ता अनन्त काल तक बनाये रक्खोगे? और भी, क्या उस आर्यपद्धति को तुम भूल गये कि पिता से पुत्र की गणना होती है? राजन्, सावधान हो, इस अपनी सुयोग्य शक्ति को स्वयं कुंठित न बनाओ। यद्यपि इसने कपिलवस्तु में निरीह प्राणियों का बध करके बड़ा अत्याचार किया है और कारण वश क्रूरता भी यह करने लगा था, किन्तु अब इसका हृदय, देवी मल्लिका की कृपा से, शुद्ध हो गया है। इसे तुम युवराज बनाओ।

सब — धन्य है! धन्य है!!

प्रसेनजित् — तब जैसी आज्ञा-इस व्यवस्था का कौन अतिक्रमण कर सकता है, और यह मेरी प्रसन्नता का कारण भी होगा। प्रभु, आप की दया से मैं आज सर्वसम्पन्न हुआ। और क्या आज्ञा है?

गौतम — कुछ नहीं। तुम लोक कर्तव्य के लिए सत्ता के अधिकारी बनाये गये हो, उसका दुरुपयोग न करो। भूमंडल पर स्नेह का, करुणा का, क्षमा का शासन फैलाओ। प्राणिमात्र में सहानुभूति को विस्तृत करो। इन क्षुद्र विप्लवों से चौंक कर अपे कर्म-पथ से च्युत न हो जाओ।

प्रसेनजित् — जो आज्ञा वही होगा।

(अजातशत्रु उठकर विरुद्धक को गले लगाते हैं)

अजातशत्रु — भाई विरुद्धक, मैं तुमसे ईष्या कर रहा हूं।

विरुद्धक — और मैं वह दिन शीघ्र देखूंगा कि तुम भी इसी प्रकार अपने पिता से क्षमा किये गये।

अजातशत्रु — तुम्हारी वाणी सत्य हो।

बाजिरा — भाई विरुद्धक! मुझे क्या तुम भूल गये? क्या मेरा कोइ

अपराध है जो मुझसे नहीं बोलते थे ?

विरुद्धक – नहीं, नहीं, मैं तुमसे लज्जित हूँ। मैं तुम्हें सदैव द्वेष की दृष्टि से देखा करता था, उसके लिये तुम मुझे क्षमा करो।

बाजिरा – नहीं भाई ! यही तुम्हारा अत्याचार है।

(सब जाते हैं)

वासवी – **(स्वगत)** – अहा ! जो हृदय विकसित होने के लिये है, जो मुख हँसकर स्नेह सहित बातें करने के लिए है, उसे लोग कैसा बिगाड़ लेते हैं! भाई प्रसेन, तुम अपने जीवन-भर में इतने प्रसन्न कभी न हुए होगे, जितने आज। कुटुम्ब के प्राणियों में स्नेह का प्रचार करके मानव इतना सुखी होता है, यह आज ही मालूम हुआ होगा। भगवन ! क्या कभी वह भी दिन आवेगा, जब विश्व-भर में एक कुटुम्ब स्थापित हो जायगा, औरमानव-मात्र स्नेह सेअपनी गृहस्थी सम्हालेंगे ?

(जाती है)

(पट-परिवर्तन)

छठाँ दृश्य

स्थान—पथ

(वार्त्तालाप करते हुए दो नागरिक)

पहिला – किसने शक्ति का ऐसा परिचय दिया है ? सहन शीलता का ऐसा प्रत्यक्ष प्रमाण-ओह !

दूसरा – देवदत्त का शोचनीय परिणाम देख कर मुझे तो आश्चर्य हो गया। जो एक स्वतन्त्र संघ स्थापित करना चाहता था, उसकी यह दशा ...

पहिला – जब भगवान से भिक्षुओं ने कहा कि देवदत्त आपका प्राण लेने आ रहा है, उसे रोकना चाहिये ...

दूसरा – तब ?

पहिला – तब केवल उन्होंने यही कहा कि घबराओ नहीं, देवदत्त मेरा कुछ अनिष्ट नहीं कर सकता। वह स्वयं मेरे पास नहीं आ सकता; उसमें इतनी शक्ति नहीं, क्योंकि उसमें द्वेष है।

दूसरा – फिर क्या हुआ ?

पहिला – यही कि देवदत्त समीप आने पर प्यास के कारण उस सरोवर में जल पीने उतरा। कहा नहीं जा सकता कि उसे क्या हुआ-कोई ग्राह पकड़ ले

गया कि उसने लज्जा से डूबकर आत्म-हत्या कर ली ! वह फिर न दिखाई पड़ा।

दूसरा – आश्चर्य ! गौतम की अमोघ शक्ति है। भाई, इतना त्याग तो आज तक देखा नहीं गया। केवल परदु:ख-कातरता ने किसी प्राणी से राज्य छुड़वाया है ! अहा, वह शान्त मुखमंडल, स्निग्ध गम्भीर दृष्टि, किसको नहीं आकर्षित करती। कैसा विलक्षण प्रभाव है !

पहिला – तभी तो बड़े-बड़े सम्राट लोग विनत होकर उनकी आज्ञा का पालन करते हैं। देखो, यह भी कभी हो सकता था कि राजकुमार विरुद्धक पुन: युवराज बनाये जाते? भगवान ने समझा कर महाराज को ठीक कर ही दिया-और वे आनन्द से युवराज बना दिये गये।

दूसरा – हाँ जी, चलो, आज तो श्रावस्ती-भर में महोत्सव है, हम लोग भी घूम-घूम कर आनन्द लें।

पहिला – श्रावस्ती पर से आतंक का मेघ टल गया, अब तो आनन्द ही आनन्द है। इधर राजकुमारी का ब्याह भी मगधराज से हो गया। अब युद्ध विग्रह तो कुछ दिनों के लिये शान्त हुए। चलो हम लोक भी महोत्सव में सम्मिलित हों।

(एक ओर से दोनों जाते हैं, दूसरी ओर से वसन्तक का प्रवेश)

वसन्तक – फटी हुई बाँसुरी भी कहीं बजती है ! एक कहावत है कि 'रहे मोची के मोची।' यह सब ग्रहों की गड़बड़ी है, ये एक बार ही इतना बड़ा कांड उपस्थित कर देते हैं ! कहाँ साधारण ग्राम्यबाला-हो गई थी राजरानी ! मैं देख आया-वही मागन्धी ही तो है। अब आम की बारी लेकर बेचा करती है और लड़कों के ढेले खाया करती है। ब्रह्मा भी कभी भोजन करने के पहिले मेरी ही तरह भाँग पी लेते होंगे, तभी तो ऐसा उलट-फेर...ऐं, किन्तु, परन्तु, तथापि वही कहावत 'पुनर्मूषिको भव' ! एक चूहे को किसी ऋषि ने दया करके व्याघ्र बना दिया, वह उन्हीं पर गुर्राने लगा। जब झपटने लगा तो चट से बाबा जी बोले 'पुनर्मूषिको भव'–जा बच्चा, फिर चूहा बन जा। महादेवी वासवदत्ता को यह समाचार चलकर सुनाऊँगा। अरे उसी के फेर में मुझे देर हो गई। महाराज ने वैवाहिक उपहार भेजे थे, सो अब तो मैं पिछड़ गया। लड्डू तो मिलेंगे। अजी बासी होगा तो क्या–मिलेंगे तो। ओह, नगर में तो आलोक माला दिखाई देती है सम्भवत: वैवाहिक महोत्सव का अभी अन्त नहीं हुआ। तो चलूँ।

(जाता है)

[पट-परिवर्तन]

सातवाँ दृश्य

स्थान—आम्रकानन

(आम्रपाली मागन्धी)

मागन्धी — (आप-ही-आप)— वाह री नियति ! कैसे-कैसे दृश्य देखने में आये—कभी बैलों को चारा देते-देते हाथ नहीं थकते थे, कभी अपने हाथ से जल का पात्र तक उठा कर पीने से संकोच होता था, कभी शील का बोझ एक पैर भी महल के बाहर चलने में रोकता था और कभीनिर्लज्जतागणिका का आमोद मनोनीत हुआ ! इस बुद्धिमत्ता का क्या ठिकाना ! वास्तविक रूप के परिवर्तन की इच्छा मुझे इतनी विषमता में ले आई ! अपनी परिस्थिति को संयत न रख कर व्यर्थ महत्व का ढोंग मेरे हृदय ने किया, काल्पनिक सुख-लिप्सा ही में पड़ी—उसी का यह परिणाम है। स्त्री-सुलभ एक स्निग्धता, सरलता की मात्रा कम हो जाने से जीवन में कैसे बनावटी भाव आ गये ! जो अब केवल एक संकोचदायिनी स्मृति के रूप में अवशिष्ट रह गये।

(गाना)

स्वजन दीखता न विश्व में अब, न बात मन में समाय कोई।
पड़ी अकेली विकल रो रही, न दुःख में है सहाय कोई।।
पलट गये दिन सनेह वाले, नहीं नशा, अब रही न गर्मी।
न नींद सुख की, न रंगरलियाँ, न सेज उजला बिछाय सोई।।
बनी न कुछ इस चपल चित्त की, अखर गया झूठ गर्व जो था।
असीम चिन्ता चिता रही है, विटप कँटीले लगाय रोई।।
क्षणिक वेदना अनन्त सुख बस, समझ लिया शून्य में बसेरा।
पवन पकड़ कर पता बताने न लौट आया न जाय कोई।।

(बुद्ध का प्रवेश—घुटने टेक कर हाथ जोड़ती है ; सिर पर हाथ रखते हैं)

गौतम — करुणे, तेरी जय हो !

मागन्धी — (आँख खोल कर और पैर पकड़ कर)— प्रभु, आ गये ! इस प्यासे हृदय की तृष्णा मिटाने को अमृत-स्रोत ने अपनी गति परिवर्त्तित की—इस मरु-देश में पदार्पण किया !

गौतम — मागन्धी, तुम्हें शान्ति मिलेगी। जब तक तुम्हारा हृदय उस विश्रृंखला में था, तभी तक यह विडम्बना थी।

मागन्धी — प्रभु ! मैं अभागिनी नारी, केवल उस अवज्ञा की चोट से बहुत दिन भटकती रही। मुझे रूप का गर्व बहुत ऊँचे चढ़ा ले गया था, और अब उसने उतने ही नीचे पटका।

गौतम – क्षणिक विश्व का यह कौतुक है देवि ! अब तुम अग्नि से तपे हुए हेम की तरह शुद्ध हो गई हो। विश्व के कल्याण में अग्रसर हो। असंख्य दुःखी जीवों को हमारी सेवा की आवश्यकता है। इस दुःख-समुद्र में कूद पड़ो। यदि एक भी रोते हुए हृदय को तुमने हँसा दिया तो सहस्रों स्वर्ग तुम्हारे अन्तर में विकसित होंगे। फिर तुमको परदुःखकातरता में ही आनन्द मिलेगा। विश्वमैत्री हो जायगी– विश्व-भर अपना कुटुम्ब दिखाई पड़ेगा। उठो, असंख्यक आहें तुम्हारे उद्योग से अट्टहास में परिणत हो सकती हैं।

मागन्धी – अन्त में मेरी विजय हुई नाथ ! मैंने अपने जीवन के प्रथम वेग में ही आपको पाने का प्रयास किया था। किन्तु वह समय ठीक भी नहीं था। आज मैं अपने स्वामी को, अपने नाथ को ; अपनाकर धन्य हो रही हूँ।

गौतम – मागन्धी ! अब उन अतीत के विकारों को क्यों स्मरण करती है ; निर्मल हो जा !

मागन्धी – प्रभु ! मैं नारी हूँ, जीवन-भर असफल होती आई हूँ। मुझे उस विचार के सुख से न वञ्चित कीजिये। नाथ ! जन्म भर की पराजय में भी आज मेरी ही विजय हुई। पतितपावन ! यह उद्धार आपके लिये भी महत्व देनेवाला है और मुझे तो सब कुछ !

गौतम – अच्छा आम्रपाली ! कुछ खिलाओगी ?

मागन्धी – **(आम की टोकरी लाकर रखती हुई)**– प्रभु ! अब इस आम्र-कानन की मुझे आवश्यकता नहीं, यह संघ को समर्पित है।

(संघ का प्रवेश)

संघ – जय हो, अभिताभ की जय हो ! बुद्धं शरणं.....

मागन्धी – गच्छामि।

गौतम – संघं शरणं गच्छामि।

[पट-परिवर्तन]

आठवाँ दृश्य

स्थान-प्रकोष्ठ

(पद्मावती और छलना)

छलना – बेटी ! तुम बड़ी हो, मैं बुद्धि में तुमसे छोटी हूँ। मैंने तुम्हारा अनादर करके तुम्हें भी दुख दिया और भ्रान्त पथ पर चल कर स्वयं भी दुखी हुई।

पद्मावती – माँ, मुझे लज्जित न करो ! तुम क्या मेरी माँ नहीं हो ! माँ, भाभी के बच्चा हुआ है– अहा, कैसा सुन्दर नन्हा-सा बच्चा है।

छलना – पद्मा ! तुम और अजात सहोदर भाई-बहन हो, मैं तो सचमुच एक बवंडर हूँ। बहिन वासवी क्या मेरा अपराध क्षमा कर देंगी ?

(वासवी का प्रवेश)

छलना – **(पैर पर गिर कर)**– कुणीक की तुम्हीं वास्तव में जननी हो ; मुझे तो बोझ ढोना था।

पद्मावती – माँ ! छोटी माँ पूछती हैं, क्या मेरा अपराध क्षम्य है ?

वासवी – **(मुस्करा कर)**– कभी नहीं, इसने कुणीक को उत्पन्न करके मुझे बड़ा सुख दिया, जिसका इस छोटे-से हृदय से मैं उपभोग नहीं कर सकती। इसलिये, मैं इसे क्षमा नहीं करूँगी।

छलना – **(हँसकर)**– तब तो बहिन, मैं भी तुमसे लड़ाई करूँगी, क्यों कि मेरा दुःख हरण करके तुमने मुझे खोखली कर दिया है ; हृदय हल्का होकर बेकाम हो गया है। अरे सपत्नी का काम तो तुम्हीं ने कर दिखाया। पति को वश में किया ही था, मेरे पुत्र को भी गोद में ले लिया। मैं.....

वासवी – छलना ! तू नहीं जानती, मुझे एक बच्चे की आवश्यकता थी, इसलिये तुझे नौकर रख लिया था–अब तो तेरा काम नहीं है।

छलना – बहिन, इतनी कठोर न हो जाओ।

वासवी – **(हँसती हुई)**– अच्छा जा, मैंने तुझे अपने बच्चे की धात्री बना दिया। देख, अब की अपना काम ठीक से करना, नहीं तो फिर.....

छलना – **(हाथ जोड़कर)**– अच्छा स्वामिनी !

पद्मावती – क्यों माँ ! अजात तो यहाँ अभी नहीं आया ! वह क्या छोटी माँ के पास नहीं आवेगा ?

वासवी – पद्मा ! जब उसे पुत्र हुआ तब उससे कैसे रहा जाता। वह सीधे श्रावस्ती से महाराज के मन्दिर में गया है। सन्तान उत्पन्न होने पर अब उसे, पिता के स्नेह का मोल समझ पड़ा है।

छलना – बेटी पद्मा ! चल। इसी से कहते हैं कि काठ की सौत भी बुरी होती है। देखो निर्दयता-अजात को यहाँ न आने दिया।

वासवी – चल, चल, तुझे तेरा पति भी दिला दूँ और बच्चा भी। यहाँ बैठ कर मुझसे लड़ मत कंगालिन !

(सब हँसती हुई जाती हैं)

[पट-परिवर्तन]

नवाँ दृश्य

स्थान–महाराज विम्बसार का कुटीर
नेपथ्य से गान
(बिम्बसार लेटे हुए हैं)

चल वसन्त बाला अंचल से किस घातक सौरभ में मस्त,
आतीं मलयानिल की लहरें जब दिनकर होता है अस्त।
मधुकर से कर सन्धि, विचर कर उषा नदी के तट उस पार ;
चूसा रस पत्तों-पत्तों से फूलों का दे लोभ अपार।
लगे रहे जो अभी डाल से बने आवरण फूलों के,
अवयव थे भृगांर रहे जो वनबाला के झूलों के।
आशा देकर गले लगाया रुके न वे फिर रोके से,
उन्हें हिलाया बहकाया भी किधर उठाया झोंके से।
कुम्हलाए, सूखे, ऐंठे फिर गिरे अलग हो वृन्तों से,
वे निरीह मर्म्माहत होकर कुसुमाकर के कुन्तों से।
नवपल्लव का सृजन ! तुच्छ है किया बात से वध जब क्रूर,
कौन फूल-सा हँसना देखे ? वे अतीत से भी जब दूर।
लिखा हुआ उनकी नस-नस में इस निर्दयता का इतिहास,
तू अब 'आह' बनी घूमेगी उनके अवशेषों के पास।

बिम्बसार – (उठ कर आप-ही-आप)– सन्ध्या का समीर ऐसा चल रहा है– जैसे दिन-भर का तपा हुआ उद्विग्न संसार एक शीतल निश्वास छोड़ कर अपना प्राण धारण कर रहा हो। प्रकृति की शान्तिमयी मूर्ति निश्चल होकर भी मधुर झोंके से हिल जाती है। मनुष्य-हृदय भी एक रहस्य है, एक पहेली है। जिस पर क्रोध से भैरव–हुंकार करता है, उसी पर स्नेह का अभिषेक करने के लिये प्रस्तुत रहता है। उन्माद। और क्या ? मनुष्य क्या इस पागल विश्व के शासन से अलग होकर कभी निश्चेष्टता नहीं ग्रहण कर सकता ? हाय रे मानव! क्यों इतनी दुरभिलाषाएँ बिजली की तरह तू अपने हृदय में आलोकित करता है ? क्या निर्मल-ज्योति तारा गण की मधुर किरणों के सदृश सद्वृत्तियों का विकास तुझे नहीं रुचता ! भयानक भावुकता और उद्वेगजनक अन्तःकरण लेकर क्यों तू व्यग्र हो रहा है ? जीवन की शान्तिमयी सच्ची परिस्थिति को छोड़ कर व्यर्थ के अभिमान में तू कब तक पड़ा रहेगा ? यदि मैं सम्राट् न होकर किसी विनम्र लता के कोमल किसलयों के झुरमुट में एक अधखिला फूल होता और

संसार की दृष्टि मुझ पर न पड़ती—पवन की किसी लहर को सुरभित करके धीरे से उस थाले में चू पड़ता—तो इतना भीषण चीत्कार इस विश्व में न मचता। उस अस्तित्व को अनिस्तत्व के साथ मिलाकर कितना सुखी होता ! भगवान, असंख्य ठोकरें खाकर लुढ़कते हुए जड़ ग्रहपिंडों से भी तो इस चैतन्य मानव की बुरी गत है ! धक्के-पर धक्के खाकर भी यह निर्लज्ज, सभा से नहीं निकलना चाहता। कैसी विचित्रता है। अहा ! वासवी भी नहीं है। कब तक आवेगी।

जीवक — (प्रवेश करके)— सम्राट्।

बिम्बसार — चुप ! यदि मेरा नाम न जानते हो तो मनुष्य कह कर पुकारो। वह भयानक सम्बोधन मुझे न चाहिये !

जीवक — कई रथ द्वार पर आये हैं, और राजकुमार कुणीक भी आ रहे हैं;

बिम्बसार — कुणीक कौन ! मेरा पुत्र या मगध का सम्राट् अजातशत्रु ?

अजातशत्रु — (प्रवेश करके)— पिता, आपका पुत्र यह कुणीत सेवा में प्रस्तुत है। — **(पैर पकड़ता है)**

बिम्बसार — नहीं, नहीं, मगधराज अजातशत्रु को सिंहासन की मर्यादा नहीं भंग करनी चाहिये। मेरे दुर्बल-चरण—आह, छोड़ दो।

अजातशत्रु — नहीं पिता, पुत्र का यही सिंहासन है। आपने सोने का झूठा सिंहासन देकर मुझे इस सत्य अधिकार से वंचित किया। अबाध्य पुत्र को भी कौन क्षमा कर सकता है ?

बिम्बसार — पिता। किन्तु, वह पुत्र को क्षमा करता है ; सम्राट् को क्षमा करने का अधिकार पिता को कहाँ ?

अजातशत्रु — नहीं पिता, मुझे भ्रम हो गया था। मुझे अच्छी शिक्षा नहीं मिली थी। मिला था केवल जंगलीपन की स्वतन्त्रता का अभिमान—अपने को विश्व-भर से स्वतन्त्र जीव समझने का झूठा आत्मसम्मान।

बिम्बसार — वह भी तो तुम्हारे गुरुजन की ही दी हुई शिक्षा थी। तुम्हारी माँ थी— राज़माता।

अजातशत्रु — वह केवल मेरी माँ थी— एक सम्पूर्ण अंग का आधा भाग ; उसमें पिता की छाया न थी— पिता ! इसलिये आधी शिक्षा अपूर्ण ही होगी।

छलना — (प्रवेश करके चरण पकड़ती है)—नाथ ! मुझे निश्चय हुआ कि वह मेरी उद्दण्डता थी। वह मेरी कूट-चातुरी थी, दम्भ का प्रकोप था। नारी जीवन के स्वर्ग से मैं वंचित कर दी गई। ईंट-पत्थरों के महल-रूपी बन्दीगृह में मैं अपने को धन्य समँझने लगी थी। दण्डनायक ! मेरे शासक ! क्यों न उसी समय शील और विनय के नियम-भंग करने के अपराध में मुझे आपने दण्ड दिया ! क्षमा करके, सहन करके, जो आपने इस परिणाम की यन्त्रणा के गर्त्त में

मुझे डाल दिया है, वह मैं भोग चुकी। अब उबारिये।

बिम्बसार – छलना, दण्ड देना मेरी सामर्थ्य के बाहर था। अब देखूँ कि क्षमा करना भी मेरी सामर्थ्य में है कि नहीं!

वासवी – **(प्रवेश करके)**– आर्यपुत्र! अब मैंने इसको दण्ड दे दिया है, यह मातृत्व-पद से च्युत की गई है, अब इसको आपके पौत्र की धात्री का पद मिला है। एक राजमाता को इतना बड़ा दण्ड कम नहीं है; अब आपको क्षमा करना ही होगा।

बिम्बसार – वासवी! तुम मानवी हो कि देवी?

वासवी – बता दूँ! मैं मगध के सम्राट् की राजमहिषी हूँ। और, यह छलना मगध के राजपौत्र की धाई है, और यह कुणीक मेरा बच्चा इस मगध का युवराज है और आपको भी...

बिम्बसार – मैं अच्छी तरह अपने को जानता हूँ वासवी!

वासवी – क्या?

बिम्बसार – कि मैं मनुष्य हूँ और इन मायाविनी स्त्रियों के हाथ का खिलौना हूँ।

वासवी – तब तो महाराज, मैं जैसा कहती हूँ वैसा ही कीजिये; नहीं तो आपको लेकर मैं नहीं खेलूँगी।

बिम्बसार – तो तुम्हारी विजय हुई वासवी! क्यों अजात! पुत्र होने पर पिता के स्नेह का गौरव तुम्हें विदित हुआ--कैसी उल्टी बात हुई!

(कूणीक लज्जित होकर सिर झुका लेता है)

पद्मावती – **(प्रवेश करके)**– पिताजी, मुझे बहुत दिनों से आपने कुछ नहीं दिया है, पौत्र होने के उपलक्ष में तो मुझे कुछ अभी दीजिये, नहीं तो मैं उपद्रव मचाकर इस कुटी को खोद डालूँगी!

बिम्बसार – बेटी पद्मा! अहा तू भी आ गई!

पद्मावती – हाँ पिताजी! बहू भी आ गई है। क्या मैं यहीं ले आऊँ?

वासवी – चल पगली! मेरी सोने-सी बहू इस तरह क्या जहाँ-तहाँ जायगी– जिसे देखना हो, वहीं चले!

बिम्बसार – तुम सबने तो आकर मुझे आश्चर्य में डाल दिया। प्रसन्नता से मेरा जी घबरा उठा है!

पद्मावती – तो फिर मुझे पुरस्कार दीजिये।

बिम्बसार – क्या लेगी?

पद्मावती – पहिले छोटी माँ को, भइया को, क्षमा कर लीजिये; क्योंकि इतनी याचना पहले की है; फिर.....

बिम्बसार – अच्छा री पद्मा ! देखूँगा तेरी दुष्टता। उठो वत्स अजात ! जो पिता है वह क्या कभी भी पुत्र को क्षमा– केवल क्षमा– माँगने पर भी नहीं देगा। तुम्हारे लिये यह कोष सदैव खुला है। उठो छलना, तुम भी। **(अजातशत्रु को गले लगाता है)**

पद्मावती – तब मेरी बारी।

बिम्बसार – हाँ कह भी...।

पद्मावती – बस चल कर मगध के नवीन राजकुमार को एक स्नेहचुम्बन आशीर्वाद के साथ दीजिये।

बिम्बसार – तो फिर शीघ्र चलो– **(उठ कर गिर पड़ता है)** ओह ! इतना सुख एक साथ मैं सहन न कर सकूँगा ! तुम सब बहुत विलम्ब करके आये ! **(काँपता है)**

(गौतम का प्रवेश, अभय हाथ उठाते हैं)

(आलोक के साथ यवनिका-पतन)